長編超《スーパー》伝奇小説
魔界都市ブルース

菊《きく》地《ち》秀《ひで》行《ゆき》

餓《が》獣《じゅう》の牙《きば》

NON NOVEL

祥伝社

CONTENTS

カバー&本文イラスト／末弥　純
装幀／かとう みつひこ

二十世紀末九月十三日金曜日、午前三時ちょうど——。マグニチュード八・五を超《こ》す直下型の巨大地震が新宿区を襲った。死者の数、四万五〇〇〇。街は瓦礫《がれき》と化し、新宿は壊滅《かいめつ》。そして、区の外縁には幅二〇〇メートル、深さ五十数キロに達する奇怪な〈亀裂〉が生じた。新宿区以外には微震さえ感じさせなかったこの地震は、後に〈魔 震《デビル・クエイク》〉と名付けられる。

以後、〈亀裂〉によって〈区外〉と隔絶《かくぜつ》された〈新宿〉は急速な復興を遂《と》げるが、その街を産み出したものが〈魔震〉ならば、産み落とされた〈新宿〉はかつての新宿であるはずがなかった。早稲田《わせだ》、西新宿、四谷《よつや》、その三カ所だけに設《もう》けられたゲートからしか出入りが許されぬ悪鬼妖物がひしめく魔境——人は、それを〈魔界都市〝新宿〟〉と呼ぶ。

そして、この街は、哀しみを背負って訪れる者たちと、彼らを捜《さが》し求める人々との物語を紡《つむ》ぎつづけていく。あらゆるものを切断する不可視の糸を手に、魔性《ましょう》の闇を行く美しき人捜し屋《マン・サーチャー》——秋《あき》せつらを語り手に。

第一章　血の足音

1

午後八時。三基ある遺跡見学エレベーターの一基が、五〇人以上の観光客を詰め込んで降下に移っても、高木《たかぎ》課長は安心できなかった。〈亀裂〉内の遺跡を見学するための昇降装置は、上がって来るときのほうが要注意だ。

　彼の他五名の係員も、エレベーターが停止すると、自然と腰のホルスターへと手が行く。

　いちばん奥――三号機のドア・ライトが点《とも》った。

　到着である。次の番を待つ客たちが歓声を上げた。〈新宿〉を囲む幅二〇〇メートルの大〈亀裂〉――その内部に点在する超太古の遺跡を見学するタイム・リミットは、午後九時だ。

　天井の監視カメラに付属するレーザー砲が、ぐいんとドアを狙《ねら》う。

　ドアが無造作に開いた。

　ひとり出て来た。

　カジュアル・ベストとジーンズに、首からカメラを吊《つ》った若者であろう。

　であろうというのは、判断がつかなかったからだ。

　彼には首がなかった。

　斬り口からすると、牙《きば》を立てられた後、強引に咬《か》みちぎられたものと思われた。

　ぴゅうぴゅうと小さな血の噴水《ふんすい》が跳《は》ねている。

　客たちが悲鳴を上げて後じさる。

　唸《うな》り声がした。

　獣《けもの》の声であった。

　〈亀裂〉の底からここに到《いた》るまで、人間と獣はともに鉄の函《はこ》の中に留《とど》まっていたのだ。

　高木たちの反応は素早かった。こういう事態も、遺跡管理人用の教育コンピューターにとっては想定内である。対応策は、無意識の行動として叩《たた》き込まれていた。

怪しいものを外へ出してはならない。

三号機の担当者二名がマグナム・ガンを両手に握ってドアの正面に走った。

その顔面へ銀色の影が躍《おど》りかかった。

声を上げる余裕も狙いを定める暇《ひま》もなかった。レーザーの光条が迸《ほとばし》る。

首を失った二人は、同じ血の噴水を撒《ま》き散らしながら、しばらくそこに立ち、ヘナヘナと崩れ落ちた。客はすでにつぶれている。

銀色のものは、闇の中に溶けていた。

係員の首は、後に人垣の間から見つかった。

「あれは——犬か?」

「狼《おおかみ》じゃないスか?」

「とにかく獣じゃわい」

こんなやり取りをしている三人の耳に、絶叫の津波がのしかかって来た。

彼らが無意識に見るのを避けていたもの——エレベーターの内部を、客たちが覗《のぞ》いたのだ。


首なしの死体と胴なしの首が並んだ血の海を。

茫然《ぼうぜん》と立ちすくむ高木たちの前で、いつの間にか上がってきた一号機と二号機のドアが開いた。


後日、三基のエレベーターから出現したものの正体は、客たちのやり取りどおり、大か狼らしいという推論で決着を見た。

三頭とも五〇ミリ口径レーザーの猛打を浴びながら、夜の闇に消えたのであった。地上の客からはひとりの被害者も出なかった。


同じ日の午後八時二五分、秋《あき》せつらは〈歌舞伎《かぶき》町《ちょう》〉の雑踏《ざっとう》を〈靖国《やすくに》通り〉方面へと歩を進めた。〈区外〉からの依頼を受けて、やくざに当たったのだが、組員のひとりにせつらがむかし八つ裂《ざ》きにした男の親類がいてトラブり、また数本の手足を落とす羽目《はめ》になった。

警察沙汰《ざた》にはならないが、敵が増えたのは間違いない。

茫洋《ぼうよう》と歩きながら、

「やれやれ」

というつぶやきがこぼれたのを聞くと、それなりにうんざりしているのは間違いないらしい。

雑踏の中である。

学生や観光客、何処《どこ》ぞやのオッさんや暴力団員、風俗嬢やガイドたちの足音や会話が坩堝《るつぼ》で煮えたぎる粘塊《ねんかい》のように押し寄せ、せつらを呑み込んで去って行く。

加えて、ストリート・ミュージシャンの演奏する「テイク・ファイブ」や、ビルの窓から洩《も》れる銃声と悲鳴、遠い空中からは、〈新宿警察〉の防犯戦闘ヘリのローター音が降りかかる。

これが〈歌舞伎町〉の音だ。

辛子《からし》の入れすぎで血色にぎとつくタンタン麺《めん》、観光客専用〝睡眠薬入り〟餃子《ギョーザ》とチャーハン・セット、豚肉と牛肉と妖物《ようぶつ》の肉を混ぜた〈新宿焼肉〉、酢飯《すめし》の代わりにわさびを握った〝特製〟寿司、そして、露天売り麻薬《ドラッグ》と硝煙《しょうえん》と血臭《けつしゅう》。

これが〈歌舞伎町〉の匂いだ。

音楽が遠ざかった。

人の声が後に続く。

やくざの恫喝《どうかつ》が最後になくなり、あらゆる気配が失われる。

「おやおや」

せつらはひとりだった。

月光と建物が恍惚《こうこつ》と見下ろしている。

酒と残飯《ざんぱん》と吐瀉物《としゃぶつ》が領土を主張する無人の路上を、ビラが流れて行く。

こういう現象を〈新宿〉では〝落ちる〟という。

せつらは〝落ちて〟しまったのだ。

背後で獣の唸り声が聞こえた。

三匹だ。三頭か。

微香《びこう》が鼻をくすぐった。

獣はオーデコロンをつけない。

せつらは足を止めなかった。
すう、と影がひとつ前方へ廻《まわ》った。
汚れきったランニング・シャツと短パン、腰まで
かかる髪と毛むくじゃらの大男であった。
厚い唇から覗く乱杭歯《らんぐいば》が不気味だった。
後ろに二人――同じ背格好だが、毛に覆《おお》われて年
配なのか若いのか、さっぱりわからない。
確かなのは、闇にかがやく真紅《しんく》の光点――眼だ。
ある欲望と歓喜に燃える眼だ。
「お腹《なか》が空《す》いてる」
とせつら。怯《おび》えたふうはない。ただ、茫洋と――
美しい夢遊病者というのが当たっているかもしれな
い。
前方の男が手の甲で唇を拭《ぬぐ》った。涎《よだれ》が溢《あふ》れてい
る。
驚くべきことに、せつらは足を止めていなかっ
た。
前方の男まで五メートル。飄々《ひょうひょう》と詰めていく。
男たちが上体を少し曲げた。
三メートル。
「美しい」
背後から聞こえた。つぶやきでも呻《うめ》きでもない。
喘《あえ》ぎだ。
三人の顔は恍惚と溶けている。彼らもまた、〝せ
つらマジック〟から逃れられなかったのだ。せつら
には、単に迷惑であったかもしれない。
三人が地を蹴《け》って走った。
せつらに突進する鼻面《はなづら》は、長くのびて獣に見え
た。
光のすじが月光を映した。
それは水中で爆発した墨汁《ぼくじゅう》に変わった。
男たちの血だ。
路面が重く鳴った。
落ちた右腕は三本あった。
黒い血界《けっかい》の上空《さか》にせつらはいた。
蝙蝠《こうもり》のごとく逆しまに。

三人の男たちは、すぐに上空を向いて吠《ほ》えた。

「危《やば》そ」

せつらの眼にある光が点った。

びゅん、と空気が裂けた。

何と、三人の首はことごとく空中高く舞い上がった。凄絶《せいぜつ》な切断の結果だ。

だが、うちひとつ――最も若い男の首は、牙を剝《む》くや、せつらめがけて襲いかかって来た。

だが、届かない。落下が始まった。

「ほーら」

せつらが右手をのばし、人さし指ものばした。

首が咬みついた。

ひょいと指は引かれ、空気を嚙《か》み合う歯の響きは、鋼《はがね》と鋼の打撃音に似ていた。

小さくなっていく無念と怒りの形相《ぎょうそう》は、せつらの肩さえすくめさせた。

五メートルほど下のアスファルトから噴《ふ》き上がる血潮《ちしお》と脳漿《のうしょう》を、せつらは見つめた。

「人狼《ひとおおかみ》」

とせつらはつぶやいた。

「――とすると、駄目?」

この述懐《じゅっかい》の意味はすぐわかった。

先に倒れた胴体が、ひょいと起き上がったのだ。

迷うことなく、かたわらのひしゃげた首を拾い上げ、斬り口を合わせた。

みるみる正常な顔形に戻る。

三つの顔が、はっきり狼のそれに変わって、せつらを見上げ、咆哮《ほうこう》した。

「必ず食らってやる」

とひとりとも一頭ともつかぬ男が指さして喚《わめ》いた。

「どーも」

せつらは片手をひらひらさせた。

三人は走り去った。獣のように上体を倒し、獣のようなスピードで。

優雅に半回転して、せつらは足から地上へ下り

た。アスファルトには、血の痕《あと》が生々しい。

せつらの周囲に音と匂いと光とが満ちた。

〝落ちた〟状況が復活したのである。

「不死身」

つぶやいた肩に、背後から手をかけたものがある。

「ほう」

せつらは心底《しんそこ》感心したのかもしれない。背後の相手は、彼に気配も感じさせなかったのだ。

「手を引きなさい。食い殺されるわよ」

甘い香りが鼻孔《びこう》をくすぐった。

「こんな美しい男を死なせたくないわ。そこのところ——よろしく」

手が離れた。

ふり向かなかった。いないのはわかっていた。ひょっとしたら、最初から。

それから三日の間に、〈新宿〉では残虐《ざんぎやく》無比《むひ》な殺人が一二件勃発《ぼつぱつ》した。

四十余人が、観光客、〈区民〉、老若男女《ろうにやくなんによ》の別なく、野獣に貪《むさぼ》り食われたのである。住宅地の路上、空地、廃墟《はいきょ》等で発見された遺体は、例外なくわずかな肉片と骨だけを残していた。それは正しい意味での遺体だった。

〈新宿警察〉の全力を上げての捜査も、自警団の活動も、暴力団の用心棒的行動も、せつらには縁がない。

四日目、彼は〈矢来町《やらいちよう》〉の一角に、依頼された人物を追いつめていた。

細い路地を抜けたところにある五〇坪ほどの空地だった。普段は近くの会社の荷物置場として使われているらしく、ドラム缶や鉄骨が山を成している。

空気は冷たかった。

〈区外〉に「ブーメラン・マネー」という大手金融会社がある。正確にはあった、というべきだろう。

半月前に兆に近い負債を抱《かか》えて倒産した会社の最高

責任者は、金平真次郎《かねひらしんじろう》。今、せつらの一〇メートルばかり先で、必死に広場の石壁をよじ登ろうとあがいている老人だ。

　五兆円の個人資産を一枚のカードに替えて〈新宿〉へと逃亡した金平の捜索を依頼したのは、意外にも債権者ではなく、その家族であった。金平は彼ら全員を見捨てて逃亡したのだった。

「来るな、わしを誰だと思っている?」

　老人は右手の大型自動拳銃《オートマチック》をせつらに向けて叫んだ。

「『ブーメラン・マネー』の金平だぞ。総理とは飯を食う仲だ。警察もやくざも、わしの指一本で使い走りとなる。おまえごとき、汚《けが》らわしい――」

　次は何という罵声《ばせい》を送るつもりだったのかしれないが、金平はそれを呑み込んだ。言ってはならないと納得したのである。

　黒いコートを着た美しいものが近づいて来る。

　何たる美貌《びぼう》、何たる美的均衡《きんこう》を備《そな》えた姿、その繊《せん》手《しゅ》が触《ふ》れただけで、自分は罪を告白するだろう。

「く……く……来るな」

　瞼《まぶた》の垂《た》れ下がった眼は虚《うつ》ろだ。獅子鼻《ししばな》と鱈子《たらこ》状の唇は、鼻汁と涎をだらしなく垂らしっ放《ぱな》しだ。

「幾《いく》ら貰《もら》った? おまえを雇《やと》ったのは、鉄也《てつや》だろう。あいつがこんな仕事に払う額なら、せいぜい三〇万プラス経費だろう。その一万倍出す。三〇億だ。それで見逃せ」

　せつらは足を止めた。

　やっぱり金だ。

　金平は自分の人生観が間違っていないことを知った。

2

　夕暮れ時の空を、かすかな音が流れて行った。

　獣の唸りが。

　せつらは、右方――壁に立てかけられた鉄骨の林へ眼をやった。

ひょい、と五メートルを超す鉄骨の頂《いただ》きに、見覚えのあるシャツと短パン姿が生じた。後ろに隠れていたのがよじ登ったのではない。隣のビル——五〇メートルはあるその最上階の窓から身を躍《おど》らせたのである。

「またか」

せつらはつぶやいて、金平へ妖糸《ようし》を放った。何本か組み合わせ、発条《ばね》仕掛けの要領で、安全地帯へ放り出そうと企《たくら》んだのである。

金平の身体《からだ》が、垂直に上昇したのは妖糸が届く寸前であった。

新たな糸を送る前に、金平の姿は芥子《けし》粒ほどになり、夕暮れの空に溶け込んでしまった。

男は天を仰《あお》いでからせつらを見て低く笑った。

首にひとすじ赤い線が走っているが、動きに支障はなさそうだ。

不死身の人狼を、秋せつらといえど、どう迎え撃《う》つ？

「上に何がいる？」

まず訊《き》いた。当然の質問だ。

「おれたちの巣だ」

「なぜ、掠《さら》った？」

「金持ちだからだ」

と毛むくじゃらの男は答えた。

「昔のように飢《う》えたら食らえばよいというわけにはいかん。我々の目的には金が必要だ」

「目的？」

「最初、おまえと遭遇《そうぐう》したのは偶然だった。だが、今度は意図的だ。おまえは、死んでも今の男を捜《さが》すだろう。邪魔だ。ここで死ね」

「〈区民〉顔負け」

血も涙もない〈魔界都市〉の住人にも勝《まさ》るという意味だろう。

せつらはじっと男を見上げた。

すでにとろけていた男の表情から最後の厳《きび》しさや

克己《こっき》が失われていく。

何の技も、術もない。だが、秋せつらの凝視《ぎょうし》は、無機物の精神《こころ》さえとろけさせるという――それが〝せつらマジック〟だ。

――前回《あれ》きりと思ってたのに
せつらがこう胸の中でつぶやいた刹那《せつな》、男は宙に舞った。

五メートル、一トンもある鉄骨を右手に摑《つか》んでいる。

鉄骨は矢のようにせつらへと疾《はし》った。ごお、と風を切る。

せつらにぶつかる寸前、それは真っ二つに切断され、せつらの両脇を抜けて、背後の壁に激突した。

おお、飛んでくる。

人狼の手が振られるたびに、鉄骨の矢ぶすまが。

そのすべてが、せつらの眼前で二つになり、跳ね返され、あらぬ方向へ弾《はじ》け飛ぼうとは。

大地が揺《ゆ》れた。数本の直撃を受けたビルの壁が崩れ落ちる。

せつらは静かに立っている。

その足は地上一〇センチに浮かんでいるのだった。

男が突進して来た。肉弾戦に賭《か》けるつもりらしい。

妖糸が迎え撃った。

男は縦割りとなった。

疾走《しっそう》しつつ両手を二つの胴に廻して、思いきり抱きしめる。ひとりに戻った。せつらの眼前であった。

右手が横殴《なぐ》りに振られた。

縦に裂けた。指が飛ぶ。その一本がせつらの肩に食い込んだ。

せつらは大きく右へ跳《と》んでいる。プロスキーヤーのように滑《なめ》らかな動きだった。

男は、せつらから三メートルも通過した位置で制動をかけた。次の動きからして、二撃目をかけるつもりであった。

だが、彼はそのまま大きくバック転するや、一〇メートルも稼《かせ》いで、せつらの足下《あしもと》を睨《にら》みつけた。

前方の地面から次々に湧き上がる影たちの背中をせつらは見た。

〝浮腫団《ふしゅだん》〟だ。最近ではあまり見かけなくなったが、〈魔震《デビル・クエイク》〉直後の一時期は、〈魔界都市〉の代名詞になった妖物である。〈新宿〉のあらゆる場所から、正《まさ》しく悪い腫物《はれもの》のごとく浮き出て、あらゆる生物を餌《えさ》とする。とりわけ、同じ妖物を好む。

「成程《なるほど》」

人狼を見て、せつらは納得した。〝浮腫団〟はともかく、人狼の戦闘法を目《ま》のあたりにできるなら、損のない飛び入りであった。

浮腫はテルテル坊主そっくりの形をして、即座に人間を連想させる。不気味といわれる理由だ。知能のほうは不明だが、少なくともいま人狼を取り囲んだように、狩りに関しては、それなりの頭を有しているようだ。

「怪物には妖物を」

せつらがつぶやいた。

人狼が牙を剝いた。恐れの気配など微塵《みじん》もない。血色の両眼から敵愾心《てきがいしん》と殺意とがこぼれ落ちた。

すう、と浮腫たちが男に接近した。男の肩、腕、胴体、脚《あし》――どこかへ触れるたびに、ひとつずつ消えていく。

がお、と咆哮するや、男は右手を振り廻した。浮腫は、呆気《あっけ》なく消滅してしまった。

獣の眼がせつらを射た。

ぐるると喉《のど》を鳴らして、再度、突進の姿勢をとる。

だが、一歩踏み出す前に、新たな敵の攻撃が開始された。

鉄のように錆《さ》びた鉤爪《かぎづめ》が、痙攣《けいれん》する全身を掻《か》き毟《むし》った。裂けた肉は血を噴いた。毒物でも含まれているような赤黒い血であった。

「うええ」

わざとらしいせつらの呻きに応じたものは、男の傷口から盛り上がる黒い腫瘍《しゅよう》であった。

頭部に、頸《くび》に、胸に、背に、腹に、腿《もも》にすら盛り上がったそれらは、男の顔を備えていた。そして、ケラケラと笑った。

腫瘍とは癌《がん》の別名である。

人狼の身体に触れた刹那、忌《い》まわしい細胞は皮膚の表面から侵入し、骨髄《こつずい》にまで、数秒のうちに食い入ってしまったのだ。血も肉も、エネルギーを生み出すものはすべて吸収され、食い尽くされてしまう。

見よ、人狼の身体は収縮しつつあった。

「勝負あり、か」

こうつぶやいて、せつらは、

「いいや」

と小さく首を振った。

男は頭を上げるや、絶叫を放った。間違いない。狼の咆哮だ。

天空がこれに応《こた》えた。

分厚い雲の海から遭難者へ救いのロープが投げられたのである。

男は右手を肩の高さに上げて拳《こぶし》を握った。

せつらの妖糸以外にも不可視の糸はあるものか、右手がぐんと持ち上がるや、凄《すさ》まじい勢いで虚空《こくう》へと舞い上がって視界から消えた。

為《な》す術《すべ》もなく、せつらは上空を見上げていたが、すぐに状況に気づいた。

〝浮腫団〟が別の餌を見つけ出したのだ。

ふわふわとこちらへ向かって来る。

あわてもせず、せつらはその姿勢のままで垂直に上昇した。

「あれ？」

眼の前に、いや、周囲に黒いテルテル坊主が浮かんでいた。

敵は跳躍力を備えていたのだ。

触れたら最後。

せつらはさらに上昇に移った。

ついて来る。

癌細胞は血流中を移動する。〝浮腫団〟にとって、大気中を動くのも同じなのかもしれなかった。

「仕様《しよう》がない」

せつらの身体が一気に沈んだ。二〇メートルの高みから、ブレーキなしで落下していく。

何の衝撃もなく着地し、しかも、その瞬間までスピードが落ちたと見えなかったのは、どのような指先の操作の結果か。

降下は上昇の速度に及ばぬのか、ゆらゆらと舞い下りてくる〝浮腫団〟を見上げたとき、

「およしなさい」

肩に乗せた手と、悩ましい声に、せつらは二度目の驚きを示した。

今度はふり向こう――としたが、何故《なぜ》かその気にならなかった。

「あれは大人しそうに見えるけど、危ないわ。あなたならわかるでしょ」

「それは、まあ」

「放っておけば、彼らは消えてしまう。〈メフィスト病院〉でも、対策は練《ね》っているわ。根絶させるのは、じきよ」

「どなた？」

「適当に呼んで。それが本当の名前よ。さ――行って」

「わ」

軽く押され、踏み出した一歩が石につまずいた。

せつらは、前のめりに、アスファルトの上に倒れた。

「ん？」

眼の前に人間《ひと》の小指が落ちていた。

眼を凝《こ》らすと、視界のあちこちに、人さし指だの、中指だのがぽろぽろ落ちている。ここで斬り合いがあったらしい。

すぐ動けなかった。

倒れる前に妖糸を張るつもりだった。それなのに、アスファルトと抱き合っている。

「いたた」

正直に口を衝《つ》いた。

何とか起き上がったのは、〝浮腫団〟が次々と着地したからだ。

肘《ひじ》も胸骨柄《きようこつへい》も膝《ひざ》も腿も痛んだが、立ってみると大したことはなかった。

一応、ふり向いた。

声の主はない。

あの香りだけが残っていた。理由もわからぬまま、せつらは微笑を浮かべていた。

「ん?」

テルテル坊主が地中へ吸い込まれていく。ひどく自然な動きであった。そうなる予定だとでもいうように。

せつらは路地の方へ歩き出した。

彼の動きを封じ、浮腫どもを退去させた声の主
——何者だ?
空中へ消えた金融業者と人狼の行先は?
何もかも霧の中だったが、次にやることだけは決まっていた。

この少し前、折原信子《おりはらのぶこ》は〈大京町《だいきようちよう》〉の住宅街を歩いていた。デパートの外商部に勤める二八歳の人妻である。外商部へ入って七年。ベテランというほどの年齢ではないが、色っぽい顔立ちと、それとピタリ合う肉感的な身体《ボディ》によって、成績は抜群であった。女がより生き易《やす》くなるための手段が「女」であることは、入社一年目でわかった。

それを選択すれば、仕事は楽だが、鬱陶《うつとう》しくもなる。

信子が訪れる相手は、必ず最高級品を購入してくれた。契約書にサインした後、開かれるドアは、玄関へのそれではなく、寝室へのものであった。

契約書の数字に合った男たちの年齢は、その粘《ねば》っこい愛撫《あいぶ》とテクニックにふさわしかった。

今日の相手も、最高級のミンクのコート三着の代わりに、おかしな行為を要求した。

「薬飲むぞ」

「え？」

信子はさすがに緊張した。セックスの際に麻薬を使うのは、〈区外〉でも常識化しているが、〈魔界都市〉ではひと味違う。単なる精力増強に収まらず、ついには変身薬に手を出す。虎に化けた男と牝鹿《めじか》に変わった女が、血まみれの行為に溺《おぼ》れるのだ。肉を浅く裂き、血を舐《な》めるだけの行為は、まず餌を貪《むさぼ》る食事にエスカレートしていく。第三者が駆けつけたとき、半ば虎の姿を留めた男たちが、血の海の中《なか》で、食らい残した臓腑《ぞうふ》と骨をつつき、血のスープを手ですくい取る光景を目撃することになるのだった。

そして、薬によっては——

3

「安心したまえ、通常の1stレベル《ファースト》だ」

と相手——品がありそうななさそうな、しかし、間違いなく変態そのものの中年男は、太鼓腹《たいこばら》を叩いた。

人間の姿形を濃く残し、思考も人間のまま——これが1stレベルだが、信子は信用しなかった。

「ドアを開けておいていい？」

「いいとも、いいとも」

男は鷹揚《おうよう》にうなずいた。その寸前に見せた、とまどいと憎悪の表情を、信子は見逃さなかった。

「じゃあ」

とドアに近づき、ロックを解《と》いてドアを開けてから、戻った。

カチリと鳴った。ドアは閉じていた。

「ちょっと——約束が違いませんか？」

「もう忘れたよ」

キング・サイズのベッドの縁《へり》にかけたまま、男は露骨《ろこつ》な舌舐めずりをした。

その舌は異様に厚く、長く、小さな棘《とげ》状のざらざらが表面を埋めていた。舌が戻った口はまさしく左右に吊り上がって鎌か三日月《みかづき》になった。牙の列が上下からせり出して来る。

女は一メートルと離れていない床の上で立ちすくんでいた。これまで〈新宿〉を担当したうちの何人かが行方をくらましている。これか、と思った。

男は立ち上がり、服を脱ぎはじめた。ボタンを外す指は全関節がふしくれ立ち、よくボタンをつまめると感心させられるような鉤爪が、役目を果たしていた。

ランニング・シャツとみっともない白いブリーフの下から現われた肌は、顔も手も灰色の剛毛に覆われていたが、何よりも不気味なのは、全体の形だった。手も足も関節は巨大化していたが曲がっておらず、顔にははっきりと男の面影《おもかげ》が残っていた。それだけに好色な笑《え》みは恐怖そのものだった。

「もう逃げられないよ。わし以外の誰も入って来れんし、出ても行けん」

声まで男のものだ。

「それが1stレベル？」

と女は訊いた。

「いいや、今までにない新薬だよ。獣化効果は1・5だ。2nd《セカンド》レベルになると、ほとんど獣になって、自分以外は餌と見なす。しかも、四六時中空腹状態だ。色気より食い気さ。わしはまだそこまで飢えてはおらん。たっぷりと色のほうを愉《たの》しませてもらうよ」

「食欲はどうするのよ？」

「その後だね」

「この変態」

女は逃げる手段を探した。尋常《じんじょう》な次元に戻れば大得意さまだ。何とか穏便《おんびん》に済ませたかった。

男がひょいと膝を曲げた。

次の瞬間、どん！　と女の前に降って来た。

「ひっ⁉」

女の両腕を鉤爪が摑んだ。食い込みはしないが、鉄のように硬く冷たかった。

ひょいと持ち上げられ、女は声も出せぬままベッドへ運ばれた。

男はすぐに上になった。

「あのデパートもいい外商部を持っておる。商品よりも、販売員のほうが味がよさそうだ。いや、どっちも商品か」

自分の上で、男の手が閃《ひらめ》くのを女は見た。

鋭い痛みが何度か走った。

女はブラとパンティにされていた。どちらも赤い布が肉に食い込んでいる。

男――否《いな》、半獣は爪で肩紐《かたひも》をつまんでずらし、顔を寄せてブラの端を咥《くわ》え、ペロリと剝いた。

乳首をざらりと舐められ、信子は声を上げた。男は歓喜した。

「いやらしい声の持ち主め。他の男に吸われるときも、同じ声を上げるのだな。食らうのは後にするつもりだったが、我慢できん。食欲と性欲――両方いっぺんに満たさせてもらうぞ」

ぐお、と唸って、半獣は豊かな乳房に食らいついた。

ぷつんと肉を貫《つらぬ》いた牙が奥までえぐり抜いて来た。

信子は悲鳴を上げて身をよじった。声はいつまでも出た。

急に止まった。半獣の口が重なったのだ。

舌が入って来た。自分の血の臭いが口腔《こうこう》に広がった。信子は疼《うず》きを感じた。身体《からだ》が欲《ほ》しがっている。

引き出された舌を自分から絡ませた。ぴちゃぴちゃという音に荒い息づかいが混じった。

信子はうつ伏せにされた。

尻に視線が突き刺さった。

——食べる気ね
そうなることはわかっていた。
ぐるる、と聞き覚えのある唸りが肉に当たった。
ドキュメンタリー番組でよく聞く肉食獣のものだ。
乳房から血が流れていく。シーツはほとんど赤く塗りつぶされた。
興奮が脳を灼《や》いた。食われる獲物は、その寸前、みなこうなるのだと思った。
思いきり尻を掲《かか》げた。
右のふくらはぎに来た。
肉の剝《は》がれる音と痛みは、信子を一気に絶頂へ導《みちび》いた。

契約は済んだ。自分が生きていても、あの男の部下や家族は怪しむ以外はできまい。うちの社長は、外商の女性を骨まで食らい尽くす癖《くせ》がありまして
——言えるものか。

空気は蒼《あお》みを帯びている。乳房と尻が少し痛んだが、達成感が消してしまった。特級ミンク・コート三着——一億円超だ。部長への一挙昇進もあり得ない話ではなかった。

大通りへ出る手前の公園へ入る気になったのは、昂揚《こうよう》感を抑《おさ》えるためであった。

人の気配はない。

陽《ひ》が落ちる寸前から夜明けまで、木立ちの多い場所は危険なのだ。

空気が冷たさを増し、影が濃い土地の中に、ベンチが幾つもあった。

そのひとつに腰を下ろし、長く息を吐いた。

爪に眼が行った。

シャワーを浴びたとき、爪の間は洗いきったはずだが、やはり気になる。

ふと、左右に気配が生じた。

「あ」

小さく洩らして立とうとした肩を、ごつい手が押さえた。

「少しはさまっているかもしれねえな」

とささやいたのは、右隣に腰かけた精悍《せいかん》そのものの若者であった。信子はコートを着ているのに、革《かわ》のシャツ——しかも半袖《はんそで》だ。

「血の匂いがするしな。男——四〇半ばだ」

左側の年配が言った。相棒も毛深いが、こちらは安酒場のショーに出られるくらい濃い毛の渦《うず》の中に、かろうじて眼鼻と唇が認められる。精悍な印象は若いのに劣《おと》らない。

「変身薬——ライカンスルジン酸を飲んだな」

「そうよ」

信子は答えた。ひどく落ち着いていた。

「そいつは狼に化けて、あたしのこの立派なお乳とお尻に咬みついて、少し食べちゃったのよ」

「わお」

若者がおどけて、のけぞって見せた。戻した顔に、ぞっとするような表情が乗っていた。

「おれも食べてみたいぜ。少しじゃなく、な」

「で、その助平《スケベ》野郎はどうなった？」

と年配のほうが訊いた。体毛は、さらに濃くなっているようだ。

「内緒よ。もう行くわ」

立ち上がりかけて——また引き戻された。

「食っちまったんだろ、あんたが？」

若者が馴《な》れ馴れしく顔を寄せて来た。好みのタイプだが、こうなるとウザい。

信子は、にっと笑った。

こちらも口が耳まで裂けた。3rd《サード》レベルの効果には、持続性も含まれる。この二人くらいなら、何とか相手にできるだろう。

「そうよ」

舌舐めずりした。涎が顎《あご》から首に伝った。あのおっさんの味を思い出したのだ。

こいつらも、よく見るとイケそうじゃない。特に若いほうは、どこの肉も締まって美味《おい》しそう。あのおっさんの驚愕《きょうがく》の顔——それを見ながら、頬《ほ》っぺたの肉を咬み取ってやったときの快感ときたら。

信子は熱い息を吐いた。その両眼は赤光《しゃっこう》を放ち、嚙み合わせた牙が、ぎちぎちと鳴った。

「そうこなくちゃな」

年配のほうが言うなり、信子の右肩にかぶりついた。

肩は食い切られた。肉ばかりか骨までも。

「この匂いは――３ｒｄレベルだな。だが、おれたちに咬まれたら、元には戻れねえぜ」

こう言って、若者は信子の胸をさらけ出した。

「いただきます」

丸ごとぶつりと咬みちぎられた。

木立ちが悲鳴を吸い取った。

年配の手が口をふさいだ。信子は人さし指と中指を咥えて、一気に咬み切った。

手を引いて、年配の男は傷口を眺《なが》めた。

「手品を見せてやろう――１《ワン》」

切り口から桜色の塊《かたまり》が盛り上がってきた。

「２《ツー》」

くびれが生じ、先端から白いものが伸びはじめた。爪だ。

「３《スリー》」

再生した指を摑むように動かし、年配の男はニンマリと笑った。

呆然《ぼうぜん》と見つめる信子の首すじに凄まじい痛みが食い込んだ。

食いちぎられる前に、信子は彼の頰《ほお》に爪を立てて、思いきり引きちぎった。鼻もついて来た。

「あああ」

のけぞった欠損部から、しかし、流血はなかった。肉が盛り上がり、鼻が再生する前に、信子は跳ね上がった。

年配の男の肩に片足をかけて、跳び上がった。

急速に力が失われた。

失血である。

軌跡を乱して落下した女体《にょたい》に、二つの影が迫って来た。

　草の上で、信子の身体は捻《ひね》るように曲げられた。

　尻と乳房に熱い息がかかった。

「やめて、やめて、やめて」

「前の奴《やつ》は中途半端だったろ。おれたちがけじめをつけてやるよ」

　若い男が乳房に長い舌を這《は》わせて来た。

「あ……」

　尻の肉にぺたりと別の唇が吸いついた。

　それが牙に変わり、全身が貪り食われるまで、信子は悲鳴を上げつづけた。恍惚の喘ぎと聞こえないこともなかった。


　一時間後、嫌よ嫌よと言う娘の手を引いて、若い男が公園へ入って来た。月光だけが照明である。常夜灯はすべて割られていた。

　あのベンチにかけた。

「ほら、何にもねえだろ？　静かなもんさ」

　唇を求めて来るのを躱《かわ》しながら娘は素早く瞳を動かした。

　何もない。

　何もない。

　何もない。

　血の一滴も。

　骨のかけらも。

　何もない。

　安全そうね、と娘は納得し、恋人に唇を許した。

第二章　〈バベルの塔〉

1

その日、珍しい人物が〈メフィスト病院〉を訪れた。

「定期検診にはまだふた月ある」

と白い院長は、自身に負けぬ美貌《びぼう》を、黒瞳《こくどう》に映して言った。

「――風邪でもひいたかね？」

「おまえの図書室――使わせろ」

とせつらは言った。この院長に命令口調が使えるのは、世界にひとりしかいない。

「構わんが、危険だぞ。私はつき合えん」

「余計なお世話」

「なら、よかろう。繰り返すが、危険だ。気をつけて行きたまえ。院長室までは、副院長が案内する」

「扱いが、ぞんざいだな」

「悪いが我慢してくれたまえ。秒単位で生死が入れ替わる患者ばかりだ」

「あいよ」

あっさり診察室を出ると、
廊下に立っていた副院長が挨拶《あいさつ》して来た。

「よろしく」

「相変わらず素早い」

「ああいう方ですから」

「とにかく、よろしく」

せつらも一礼した。

三〇分ほどして、ひと息ついたメフィストのところへ、副院長が顔を出した。

「どうしたね？」

「本の選択までお手伝いいたしました」

「自主性に乏《とぼ》しい男だな。難しい分野だったのかね？」

「いえ、人狼《ひとおおかみ》伝説に関するものでした。モンタギュー・ロード・ジェームスの『人狼』、マックス・

ビーストンの『森を抜けた狼たち』、タチドリ・ヴィヨンの『人狼百科』」

「ありふれた本ばかりだ。見損《みそこ》なったようだな」

「ラーリケ・トドロフの『ひと跳《と》び一〇〇〇哩《マイル》』もございました」

「ほう。あれを知っていたか――前言は撤回《てっかい》する」

「ですが」

副院長は黒伊達眼鏡《だてめがね》に手を当てた。彼は盲目であった。

「本からすると、人狼にしても、かなり特異な連中ですな。あの方でも、正面から闘《や》り合ったら危険です」

「そのための読書か」

メフィストがこうつぶやいたとき、空中に看護師の顔が浮かんだ。

緊急病棟の担当である。

「院長――急患です。頭部と心臓、脊椎《せきつい》を残して――ありません」

「器官消失の原因は？」

「食べられたと思われます」

「すぐに行く」

と応じて、メフィストは副院長を見た。

「確かに、厄介《やっかい》な相手かもしれんな」

「はい。食べっぷりがよさそうです」

リアルな会話だったらしく、メフィストは微笑もせずに立ち上がった。

「ありがとうございます」

手術室の前で、その手を握って号泣《ごうきゅう》する母親へ、

「お嬢さんは気丈《きじょう》でした」

と告げたとき、

「院長――お客様です」

とやって来た看護師が告げた。

スーツ姿の一団が、その後をやって来る。

一〇人がガードで、二人がＶＩＰだ。

「これは〈区長〉と〈署長〉――珍しいランデブー

ですな」

「ははは」

笑ったつもりだろうが、ははははと発音しただけだった。

「今の女の子――助かったのかね？」

と〈署長〉の黒川《くろかわ》が訊《き》いた。

「何とか」

「それは……」

〈署長〉は呻《うめ》いて沈黙した。〈区長〉は最初から口を開けている。

ようやく〈署長〉が、

「あの娘の状態については、発見した警官から聞いておる。どうやれば助かるのだ？　――うげ」

脇腹を突いた肘《ひじ》を素早く戻して、梶原《かじわら》〈区長〉は白い医師に笑いかけた。

「いや、さすがドクター・メフィスト。あれかね。新しい肉体《からだ》をこしらえでもしたのかね？」

「左様《さよう》」

「うむうむ」

心底《しんそこ》感心したふうにうなずいたものの、脳と脊椎と心臓しか残らない娘を、どうやって再生させたのか。さっぱりわからんとその眼は告げていた。

メフィストは二人を応接室に通した。

「いや、正直、安堵《あんど》した」

と梶原は切り出した。

「死者ですら甦《よみがえ》る――〈新宿〉にドクター・メフィストありだ」

「――全く。正直、どうなることかと思ったわい」

〈署長〉が汗を拭《ふ》いた。

「これはマスコミも抑《おさ》えた。正直に言うと、〈新宿TV〉と〈新宿日報〉のオーナーを恫喝《どうかつ》したのだがね。ドクター、ここ三日間で、三〇〇人近い失踪者《しっそうしゃ》が出ておるらしいのだ。通常の行方不明者が日に三〇人として、二〇〇人以上が貪《むさぼ》り食われた計算になる」

「ほう」

とは言ったが、微塵《みじん》も変わらぬその美貌に、二人のＶＩＰは救われる思いがした。

〈新宿〉には、生者を守る白い砦《とりで》が健在だったのだ。

「――今度の奴《やつ》は相当の大食らいだ。ある現場では骨のかけらひとつ、血痕一滴残っておらず、近くで大腿骨《だいたいこつ》の一部が見つかったのと、そこにいた人物が行方不明になったために、何が起きたか推定できた次第《しだい》だ。この二日間、パトロールの回数を五倍にし、人数も同じだけ増やしたが、効果は出ておらん。今日もあの娘がやられた。ひょっとしたら、別の犠牲者もいるかもしれん」

「そこで訊きたいのだがね、ドクター」

梶原が身を乗り出した。

「骨片《こっぺん》に残った歯型から、犯人は狼乃至《ないし》人狼と考えられておる。しかし、このように食い意地の張った連中ははじめてだ。彼らについて、何かご存じなら教えていただきたい」

「残念だが、ご希望に添いかねる」

メフィストは、あっさりと言った。

「そのような獣《けもの》、乃至獣人《じゅうじん》に関する知識は持ち合わせてはおらん。ただ、目下《もっか》一名、その習得に血道《ちみち》を上げている者がいる。彼と話し合われるがよろしかろう」

その者とやらを思い出したのか、冷たい氷の仮面に、二人のＶＩＰが眼を剝《む》いたほどの愛《いと》しげな表情がかすめた。

「それは誰だね。紹介してくれたまえ」

梶原が助け船を目撃した漂流者のような声で身を乗り出した。

「食われた者が甦る。犯人の正体を知り尽くした者がいる。いや、さすが〈魔界都市〉――脅威《きょうい》は多いが、守りも完璧だ」

彼は両手を差し出してメフィストの手を握ろうとした。支持者への癖《くせ》である。あわてて戻したとき、奇妙な現象が起きた。

メフィストが右手を耳に当てがったのである。

通信だ。

普通は空中に送信者の顔が浮かぶ。

メフィストの眼が、わずかに細まった。それが何を意味するか、この部屋で知っている者はいなかった。

「急患だ――失礼する」

〈署長〉と〈区長〉の返事を待たず、白い医師は背を向けた。

耳の中で、看護師の声が鳴り響いていた。

「大滝可奈子《おおたきかなこ》さんが死亡いたしました」

食らい尽くされた娘だった。


せつらは、三時間ほどで院長室を出た。案内役はいなかったが、迷うこともなく院内へ戻った。

「ん？」

廊下の真ん中で周囲を見廻《みまわ》した。

すぐに歩き出した。


見覚えのある看護師が小走りにやって来た。

せつらの顔を見ないようにして、会釈《えしゃく》し、通り過ぎようとするのへ、

「もしもし」

ぴたりと止まった。

「何か？」

とせつらが訊いた。

「いえ」

せつらの眼が、白い横顔に吸いついた。見なくてもそれがわかる。看護師は唾《つば》を呑《の》み込んだ。

「何か？」

「院長が……蘇生《そせい》された患者が……」

「ひょっとして、狼の犠牲者」

問いではなかった。看護師は返事をしなくて済んだ。

「どーも」

「いえ」

女は歩《あゆ》み去った。

せつらは真っすぐ玄関ホールへ出て、一分後には〈風林《ふうりん》会館〉横の坂道を上がっていた。〈バッティング・センター〉の手前の角を左へ折れる。

飲食街である。

寿司屋や和食、イタリアンも並んでいるが、韓国料理店が圧倒的に多い。

曲がっただけで、二〇メートルほど前方に建つ廃ホテルが見えた。玄関や窓のあたりに、爆発孔《こう》らしいものが幾《いく》つも開いている。

そのすぐ手前にランジェリー・ショップがあった。ショー・ウィンドウの中には普通の生活とは一生縁のない派手なドレスと恥知らずな下着が飾られていた。

せつらはその横にある回転ドアから店内へ入った。

どぎつい色彩の品物がかかったハンガーの列の奥に、レジスターとその向こうの禿頭《はげあたま》が見えた。

レジの下にあるモニターで、せつらの訪問はわかっていたらしく、ちらと顔を上げて、

「こりゃ珍しい」

と言って、すぐ戻した。

身体《からだ》ごと、かけていた椅子《いす》を廻す。

右方に二列のハンガーが並んでいた。すべてブラとパンティである。

それが左右に開いた。

奥の壁の表面が上へずれると、もうひとつの部屋が覗《のぞ》いた。

下着の間を抜けて、せつらは部屋へ入った。

皓々《こうこう》と光の点《とも》る部屋であった。驚くべきはその広大さだ。

外からは絶対にわからない。隣接する廃ホテルの一階ロビーであった。玄関も窓もシャッターが下りているから、入って来る者はない。盗《ぬす》っ人《と》やホームレスや犯罪者どもが、塒《ねぐら》や盗品、死体等の置場用に押し入ろうとすれば、何処《どこ》からともなく監視ドロ

ーンが飛んで来て、対人用ミサイルを撃《う》ち込む。

ホテルの造作《ぞうさく》をそのまま残した空間の真ん中に、六畳間ほどの青畳が敷かれ、綿《わた》入《い》れを着た白髪の老《ろう》婆《ば》が、左手の天眼鏡《てんがんきよう》で一心不乱に何かを眺《なが》めていた。右手が何かをつまんでいる。古風な糸車が脇に置いてあるが、そこから糸がのびているふうには見えなかった。

「お邪魔」

とせつらは声をかけた。

「人食い狼だね」

皺《しわ》だらけの顔と手に似合わぬ若々しい声が返って来た。

「わかるんだ」

「百年もここにいれば、何でも向こうからやって来るよ。相手は不死身だね」

「ピンポン」

「時間がかかるよ——死なないものを殺そうってんだから」

「どれくらい?」

「最低三日は欲《ほ》しいところだね」

「二日」

老婆は天眼鏡を下ろし、その手を止めて、のろのろとせつらの方を向いた。

「若いのに無茶を言うねえ。敬老の気持ちがないのかい?」

「ない」

老婆は噴《ふ》き出した。

「あたしより、世《せ》知《ち》に長《た》けてるね。明後日《あさって》の今、取りにおいで」

「どーも」

かすかなモーター音がして、老婆の前方——一〇メートルほどの床から鋼鉄の人台《じんだい》模型がせり出してきた。

「右腕」

老婆のひと声と同時に、一閃《いっせん》の光が弧《こ》を描《えが》いた。

黒光りする腕が、がちゃんと床に落ちた。

すぐに浮き上がり、滑《なめ》らかに宙を飛んで、老婆の眼の前に、斬り口を上に直立した。

それを摑《つか》んで斬り口を眼の前に持って来るや、光る眼を当てて、

「斬れ味は変わってないね」

と言った。

せつらの妖糸は、この老婆の手になるものか。

「だけど、不死者は斬れない。じゃあ、二日後に」

腕はふたたび宙を飛んで、斬り口と斬り口が重なった。せつらの技である。だが、人台が床の下へ戻って行くとき、せつらはすでに妖糸をほどいていた。腕は落ちなかった。

切断した手や指も、手当てが早ければ癒合《ゆごう》し、尋常の動きを取り戻す。せつらの技と妖糸は、それを鉄の塊《かたまり》でやってのけたのであった。

坂を下りはじめたときは、夕闇が落ちていた。

黙々と進むせつらに客引きや観光客たちが視線を送り、半分が硬直し、半分がよろめき、倒れる者もいた。どの顔にも至福《しふく》の表情が恍惚《こうこつ》とまつわりついていた。

「どちらまで?」

背後の声は、幽《かす》かな香り以外、またもせつらに気配を感じさせなかった。

2

夕闇の中、店々の明かりを身体中に点綴《てんてい》させながら、せつらに微笑《ほほえ》む長身の美女は、値《あたい》数千万は堅いミンクのコートをまとっていた。ショルダー・バッグはエルメス。こっちも特注で価格ではヒケを取るまい。これだけで世界的な大女優でも高級娼婦《しょうふ》に見えるものだが、女の美貌と雰囲気は、おとぎ話の王女のように典雅《てんが》そのものであった。

通行人たちは、恍惚の夢を見るべく、ばたばたと倒れていく。このコンビに耐え得る鉄の神経を、人

間は備《そな》えていない。

「いいとこ」

とせつらは答えた。足は止めない。

「ご一緒してもいいかしら？」

「やだね」

「冷たいこと」

女は少しふくれっ面《つら》になって、

「手品を見せてあげる。気に入ったら、連れてって」

せつらが返事をする暇《ひま》も与えず、

「〈信濃町駅《しなのまち》〉前の〈カスバ〉」

せつらは足を止めずに、

「知ってるんなら、勝手に行け」

と言った。それこそが、彼の目的地だったからだ。

「旅は道連れよ」

女はまた微笑した。

世俗《せぞく》とは無縁の宮殿の中で暮らした娘とはこうなのではないかと思わせる、明るい笑みであった。

「目立つ」

とせつら。

「あなたひとりなら目立たない？」

「口がへらない」

「とにかくご一緒します。邪魔はしないから安心して」

通行人を軒並《のきな》みダウンさせ、二人は坂を下りた。

せつらは左へ――〈旧区役所通り〉の方へ折れた。

「タクシー？」

女が訊いた。

「バス」

「ケチねえ。稼《かせ》いでるくせに」

「どうしてわかる？」

さすがに、せつらの眉《まゆ》が寄った。

「あなたのことなら、何でも」

「いちばん困ってることは？」

「愛用の急須《きゅうす》の口が欠けたこと」

「何者だ？」

「勝手に決めて――名前と同じよ」

茫洋《ぼうよう》たるせつらの声に、女の瑞々《みずみず》しい声は絶妙の相性を示した。

「名前？」

「そうよ。あったほうがいいわ」

「トヤブー」

「本人に怒られるわよ」

「じゃあ、セイヤ」

「掛け声みたいね」

「西の夜と書く」

「決まり」

こうして、女は西夜と呼ばれることになった。

「本気でバス？」

「何か？」

「乗ったことあるでしょ？」

「うん」

「時間どおりに出た？」


「少し遅れた」

「事故は？」

「時々。運ちゃんのせいだ」

「自分のせいだと思わない？」

「どうして？」

西夜は溜息《ためいき》をついた。

「あなたもこの街の住人ね。〈新宿〉のドライバーが、みんなサングラスをかけてるわけだわ。ねえ、降りるとき、車内の状況を確認したことある？」

「一度だけ」

「どうしてやめたの？」

「みんな倒れてた。何かの事件なら巻き込まれたくなかった」

「事件の張本人が何を言ってるのよ」

「は？」

「私が払うわ。タクシー代」

「なら」

あっけらかんと応じるせつらに、西夜はまた溜息をついた。

〈信濃町駅〉と西夜が伝えると、運ちゃんは渋い顔になった。

「この時間にあそこは通りたくねえんだよなあ。飯《めし》どきは特に物騒だし」

「そう言わないで」

西夜は微笑を浮かべた。

「よっしゃ。行きましょう」

「ありがとう」

防弾ガラスのプレート越しに微笑んで、座席へ戻ると、

「同じ手を使う」

とせつらが言った。クレームだったかもしれない。

「セコい」

「あら、気になるの？」

西夜は悪戯《いたずら》っぽく笑った。


せつらは窓の外を見た。この女といると調子が狂うらしい。

〈新宿通り〉から〈外苑《がいえん》東通り〉へと入り、〈左門《さもん》町《ちょう》〉を過ぎる頃になると、運転手が怖気《おじけ》づきはじめた。

「そろそろ危《やば》いなあ。降りてもらえませんか？」

「ちょっと。話が違うじゃないの」

西夜がクレームをつけた。

「ここ開けなさいよ」

仕切りをノックする。いつまでもやめないのに辟《へき》易《えき》して運転手が開けるや、両手を差し込んでその首を絞《し》めた。

「ぐぐ……お客さん、危ない」

「行くの、行かないの？　ここで殺されたい？」

「わかりました――ぐぐ……行きますから離してくれ」

壮絶なやり取りを尻目に、せつらは外を眺めていた。

空気が荒《すさ》んでくる。

通りの左右の建物は、かつてバラックが建ち並び、薄暗い路地が八方に走って、日がな一日、麻薬の煙や銃声、怒声《どせい》、悲鳴が絶えなかった。〈カスバ〉がかつての名前だ。店舗の多くは犯罪組織の下請《したう》け工場を兼ねており、麻薬の精製、武器の製造の一大拠点であった。何度か〈警察〉の手が入り、バラックの大半は撤去され、今では普通の店舗が並んでいるが、運転手が怯《おび》える〈カスバ〉の象徴は、なおも残って堂々と天に挑《いど》んでいる。

螺旋《らせん》状にそびえる坂道は高さ一〇〇メートル。沿《そ》って並ぶ建物は〈魔震《デビル・クエイク》〉当時と変わらず、妖《あや》しい日常を続けていると噂《うわさ》されている。日に何度か死体らしきものが通りへ落ちて来るが、その多くは人間とも獣ともつかぬ姿形を示しており、〈警察〉も〈区民〉も、通りからかろうじて看板が見える「H・ウエスト蘇生院」から放棄《ほうき》されたものだと考えている。


「妖物《ようぶつ》用食品製造工場、工場用人工人間販売店、妖物飼育屋——〈バベルの塔〉は健在ね」

どこか浮き浮きした口調に、

「観光客？」

とせつら。

「とんでもない。〈新宿〉生まれよ。ねえ、運転手さん、あれ見て何かほっとしない？」

「えーっ？」

眼を剝いたのが正しい。

「でも、なくなると寂《さび》しくない？」

「——それは……」

運転手は口ごもった。

「この頃は、〈魔界都市〉も復興が進んで、どこもかしこもきれいになっていくわ。危険な横丁や小径《こみち》は整地され、正体不明の店舗や家や廃墟《はいきょ》は、次々につぶされていく。観光客は年々倍増《ばいま》しですって——〈魔界都市〉の名が泣くわ」

睨《にら》みつけるように前方を見ていた西夜は、はっとせつらの方へ身を捻《ひね》った。拍手が聞こえたのだ。せつらであった。

「同感」

と彼は言った。

かつての中央線の線路を渡って、タクシーは停《と》まった。運転手は青い顔で、

「着きました。降りてください」

「はいはい」

西夜が料金を払った。

後部ドアを閉め、運転手は窓から身を乗り出して、

「――自分も同感です」

そして、アクセルを思いきり吹かして走り去った。

前方にそびえる〈塔〉を囲む塀《へい》と巨大な門が、二人を待っていた。

重装備のパトロール警官とマスコミ以外、観光客は近づかないのである。例外は、コースの一部に組み込んでいる観光バスだけだ。勿論《もちろん》、停車もしなければ、降りる客もいない。

「帰ったら？」

「嫌よ」

「面倒見てられない」

「自分の面倒くらい自分で見られます。今さら放り出そうったって、そうはいかないんです」

せつらは相手にならず、門の方へ向かって行った。

石の庇《ひさし》をくぐって塀の内側に入った。

〈塔〉の直径は地面との接触部分で二〇〇メートル、上へ行くにしたがって細くなり、頂《いただ》きは二〇メートルと、〈区〉の記録にある。五、六年前の立ち入り検査の記録だ。その際、一一人の測量員が、何かを目撃し、そのショックで飛び下り自殺した。

天に挑む人間の意志の小型版を、ひっそりと見つめている西夜へ、

「うっとりしてる」

とせつらは声をかけた。

「そうね。どんなに汚《けが》らわしくて、世界の倫理に反していて、悪人や化物がうろついていても、ここは彼らの生きる場所よ。ひょっとしたら、人間のための土地じゃないかもしれないわ。だとしたら、こんな凄《すさ》まじいものが建っているのは当然でしょ。ここは〈区外〉と同じ宇宙の一部だけれど、同じ世界じゃないのよ。人は正常な世界に生じた狂った癌《がん》細胞だと言う。でも、癌だって癌細胞が生きようとした結果よ。正義だろうが邪悪だろうが、ともに生きる権利はあるの」

せつらが言った。

「君は何者だ?」

西夜は小さく頭を振って、坂道の方へと歩いて行った。

昇降口のところでスマホで遊んでいたらしい子供たちが、二人に気づくや、足下の石を摑んで投げつけた。


激突する寸前、それは急に方角を変えて、少年たちに襲いかかった。顔面と腹を押さえて、小さな悪魔たちは地面に転がった。

「容赦《ようしゃ》しない人ねえ」

呆《あき》れる西夜へ、

「生きる権利はあっても、お返しはされる」

血まみれの姿で呻き、すすり泣く少年たちを見ようともせず、せつらは坂を上がって行った。

こんな桁外《けたはず》れの生活空間が、どうやって出来たのか、〈新宿〉の謎のひとつである。

〈魔震〉のジャスト半月後に、忽然《こつぜん》とねじ曲がりつつ天へと向かう道がそびえ立っていたのは、はっきりしている。やがて、ゆるやかな傾斜に沿って、幅一〇メートルほどの道の片側に、バラックの小屋が並びはじめた。最初は、家と土地とを失った〈区民〉の家々であった。

生きる場所が確保されれば、生活のための施設がやって来る。食堂、飲み屋、武器屋、洋装店、布団《ふとん》屋、古道具屋、コンビニ、酒屋、そして、銀行の各支店と不法金融屋、後はもう止めようがない。占い師、探偵、暴力団事務所、医者、市場、〈区〉の出張所も出張《でば》って来たし、交番も設《もう》けられた。アパートも建ちはじめた。この国が長い戦争の後に、焼け野原から急速に立ち直ったように、破壊の跡からまともな、或《ある》いは得体《えたい》の知れない生命が、奇怪な道の片側に次々と芽吹《めぶ》き、その証《あかし》を育《はぐく》みはじめたのだ。

当然、トラブルは勃発《ぼっぱつ》した。

警官と暴力団が射《う》ち合い、負傷した組員と警官が五〇メートルもの高さから墜死《ついし》という、ありそうもない死に方をした。

麻薬に狂った住人が日本刀で近所の人々を殺傷《さっしょう》し、中学生に射たれて死んだ。医者は人命救助の他に、さらに汚いバイトに手を染めていたらしく、ある晩、死者たちが通りをうろつき、一一人の住人が食い殺された。

最大の問題は、〈塔〉の頂きに巣を作った怪鳥《けちょう》であった。

翼をのばせば最長三〇メートルにもなる化石鳥は、日ごと〈新宿〉へ出向いてけ、一気に五〇人ずつを食いまくり、何人かは頂きの巣に運んでつついた。

ついに〈新宿警察航空隊〉からジェット・ヘリ「バーナビイ」が出動。怪鳥をミサイルで仕留め、ヒナごとその巣を燃やし尽くした。

そして、今なお奇怪な事件は絶えない。入手した土地の上に、一夜のうちに六階建ての貸ビルが建っていたり、突如《とつじょ》、コンクリートの道が折れて、五〇〇人以上を地上へ放逐《ほうちく》したり、ここにいれば、ネタの宝庫だと、〈区〉のものを含め、マスコミは、その出張所の多くを、〈バベル〉の近くに置き、取材スタッフを常駐させている。門の外に駐《と》まっていた社旗付きの車がそれだ。

だが、〈魔界都市〉の名は、〈バベルの塔〉をも呑み込んだのである。

3

坂道の途中で遊んでいる子供や、立ち話をしている男たちを何人も見かけたが、彼らはそのたびに刺すような視線を二人に注いで来た。

見知らぬ訪問者を訝《いぶか》しむというレベルではない。明らかに殺気を超えたもの――殺意に満ちた眼差《まなざ》しであった。

それが、たちまちゆるみ、とろけ去るのも大した見ものではあったが。

「危ないところね」

西夜は家々の窓から覗く顔を意識しながら言った。怯えてはいない。この女の神経もせつらと等しく、常人よりひと捻りしてあるらしい。

「ここの住人は、〈新宿〉の中でも最も気性《きしょう》が荒くなると言われてるわ。高いところへ行くほど神様に近くなるというのは嘘《うそ》っぱちね。ところで、何処まで行くの？」

「てっぺん」

「わお。エレベーターが欲しいわね」

「作れるけど」

西夜は、へえという表情になった。

「それをわざわざ歩いて登って行く。あなたも、こんな無茶苦茶《むちゃくちゃ》な、お化け屋敷が好きなのね」

せつら答えず。

地上五〇メートルあたりまで辿《たど》り着いたとき、バラックの扉が勢いよく開いて、日本刀にサラシ姿の兄ちゃんたちが二人の前後をふさいだ。扉には「紅《べん》殻《がら》組事務所」とあった。

どの顔も眼もイッている。麻薬のせいだ。おそらく、二人の素性《すじょう》も目的も知らず、ただ人を斬りたくなったからとび出して来たのだろう。

「お任《まか》せします」

西夜が、せつらに身を寄せてささやいた。

声もなく、ラリ公たちは斬りかかって来た。

ラリっていようがなかろうが、せつらに容赦はない。敵意を具体的な形に表わした者たちは、見えざる刃《やいば》に手を断たれ、首を落とされて路上に転がる。

〈警察〉も、け、やくざが。いい掃除になったぜ、でおしまいだ。

手は落ちた。首もちぎれかかった。凶刃《きょうじん》は、やくざ同士の日本刀であった。

血しぶきと悲鳴を遥《はる》か下に置いたまま、せつらは上昇を続けた。間一髪《かんいっぱつ》の跳躍を飛翔《ひしょう》に替えたのである。

「これがエレベーターね。何処まで？」

彼の右腕にすがった西夜が嬉《うれ》しそうに訊いた。

「てっぺん」

「面倒臭くなったのね。怪鳥の巣はつぶされたわ。今は何があるのかな？」

高度一〇〇メートル。

〈新宿〉全土を睥睨《へいげい》する〈塔〉の頂きに、二人は舞い下りた。

その前にそびえるものは、石造りの古風な映画館であった。

すでに閉館して大分経《だいぶた》つらしく、チケット売り場の周《まわ》りに貼ってあったポスターは四隅《よすみ》を残してすべて剝《は》がれ、ウィンドウの中にもスチルは一枚もない。装飾《そうしょく》タイルのほとんどは崩れ落ちて、石の地肌を覗かせている。

「ここ？」

暗い内部へ目を向けながら、西夜が訊いた。

「そ」

はじめて三匹の人獣と闘《や》り合ったとき、一匹に巻きつけておいた妖糸は、ここまで続いていたのだ。

「てっぺんにある映画館」

せつらは小首《こくび》を傾《かし》げた。

人を集める施設は、最も楽に来られる地上にあるべきだ。選地《せんち》した人物は狂っているとしか言いようがなかった。

「来る？」

「勿論」

うなずいた西夜の身体が、急に硬直した。

「やめて」

「〝守り糸〟をつけておく。誰が来ても安心だ」

「そんなことをしても無駄よ。必ず追いかけるわ」

「頑張《がんば》って」

せつらは気がなさそうに言って、飄然《ひょうぜん》と館内へ足を踏み入れた。

無人のホールは、奇蹟《きせき》的に天井と壁のタイルは崩壊せず、床には絨毯《じゅうたん》さえ敷かれていた。

妖糸の伝える反応から、ひとりは舞台上にいるのはわかっていた。あとの二人は、今〝探り糸〟を放って——妖糸を巻いたのは、ひとりだけだったのだ。

「さあてと」

とりあえず、手近の人獣を処分することに決め、せつらは倒れかけた扉を軽々と越え、劇場内へ入った。

血臭《けっしゅう》はない。人獣、獣人の巣窟《そうくつ》としては考えられない現象だった。犠牲者はそれこそ血の一滴も余さず平らげられてしまったのだ。

椅子の列はそのままだ。スクリーンの手前、舞台の上に、大男がひとり眠っていた。ランニング・シャツと短パンに見覚えがあった。首は——ついている。若いのと同じだ。

用心するふうもなく近づき、舞台の真下で、

「どーも」

と声をかけた。

こちらへ向けていた大男の眼が開いた。

「首、付いてるね」

とせつらは第一声を放った。

大男は愕然《がくぜん》と眼を剥き、起き上がろうとして止まった。せつらの美貌と——糸のせいだ。

「動くと輪切りになる。死にはしないけど、痛いだろ」

「貴様――どうやってここを？」

「企業秘密」

「――そうか、この糸か？」

「拍手」

大男の眼がせわしなく動いた。

「――ひとりか？　何しに来た？　そうか――金平だな」

「何処？」

大男が狡猾《こうかつ》そうな眼つきになった。

「渡したら、おれたちを見逃すか？」

「ノン」

「おまえの仕事を邪魔する者は皆殺し、か」

「ははは」

せつらは笑った。半分ぎこちない。ごまかしたとも取れる。

「何処？」

と重ねた。永遠に茫洋たる顔の中に何を見たか、半《なか》ば恍惚たる大男の顔に、さっと恐怖の翳《かげ》が走った。

「ここにゃいねえ」

「わかってる。他の二人が？」

連れて行ったのだろう。せつらは巻く相手を間違えたのだ。若いのと戦ったとき、彼も金平も放っておいたのは、多少自惚《うぬぼ》れの気味があったのか。

「何もしゃべりゃしねえよ」

大男が挑発するように言った。

「輪切りだろうが、首を落とそうか、火で焼こうが好きにしろ。何度でも甦ってやるぜ。それより、あんた、大した色男だな。しかも、おれたちの首を落とした実績もある。どうだ、手を組まねえか？」

自信満々たる口調であった。

せつらが、

？

な顔になると、

「でかい計画が進んでるんだよ。〈新宿〉の化物をまとめて――おっと、それ以上は話せねえ。どうだい？」

「とりあえず」

大男が凄まじい眼つきになって、

「そうかい、残念だな。それじゃあ仕様《しよう》がねえ。やっぱり、敵同士が運命だな」

大男を巻いた糸がとび散るのを、せつらは感じた。感じた刹那《せつな》、新たな糸が大男の首を落とし、その胴体を席の列の奥へと放り投げた。

「お前たちを封じる手はある」

とせつらは大男の首に向けて言った。

「胴と首をバラバラに鉛《なまり》の函《はこ》に詰めて海に捨てさせる。どう？」

「わかってねえな」

生首がうんざりしたように言った。

「おれたちがその辺の人獣とは違うと、どうすればわかるんだ？　まあ、わかったときはもう遅いが」

「この手は駄目か。鉛の箱ならウイだと、書いてあったんだけど」

「誰でもわかるとこだけフランス語を使うんじゃねえよ。知識の生齧《なまかじ》りは生命《いのち》取りになるぜ」

「ふーむ」

せつらは、ある音を聞きつけた。

劇場の隅——大男の胴体を放ったあたりから、何かが立ち上がり、こちらへ歩き出すような音が。

金属製の破壊音が、まとめて上がった。ボルトが飛んだのだ。それから、大きなものを床から剝がすような音が。

妖糸が飛んだ。

せつらから七メートルほどの空中で両断されたのは、五人分のシートの列だった。

妖糸は、さらに投擲《とうてき》者を捉《とら》えた。首のない胴体は縦横十文字《じゅうもんじ》に断たれて床に転がった。

これで終わりとはいかなかった。

出入口から、多数の人影がなだれ込んで来たのである。日本刀と拳銃を手にしたやくざ者——せつらが同士討ちさせた連中と、その仲間だ。せつらがここへ入るのを誰かが見つけて知らせたらしい。

彼らはせつらを認めるや、

「あいつだ！」

何人かが声を合わせて、通路を突進して来た。

「面倒臭い」

せつらのこのひとことから何が生じるか、知る者はいない。例外は――死者だけだ。

だしぬけに、薄闇に光の世界が生じた。

二階の映写室から、上映光がスクリーンへ投射されたのだ。

「あれ？」

とせつらは立ちすくみ、やくざたちも棒と化した。

スクリーンに映し出されたのは――この場の誰も知らないが、未明光三郎《みあけこうざぶろう》というこの国の映画界最初期の時代劇スターと、その当時の悪役として鳴らした黒巻中也《くろまきなかや》であった。作品は『魔の百文船《ひゃくもんせん》』――西洋の魔物が日本に渡って人間の血を吸い、蘭学《らんがく》を学んだ若い武士の手で滅《ほろ》ぼされる怪奇時代劇である。『日本映画通史大成』には、

〝この映画の関係者、乃至、その関係者に、B《ブラム》・ストーカーの『DRACULA《ドラキュラ》』を読んだ者がいたに違いない〟

と明記されている。

光の中で黒マントと若い武士が斬り合っている間に、我に返ったやくざどもは、またも椅子を乗り越えてせつらに突進して来たが、今度は彼ら全員が光の中に捉えられた。

「うおお」

「なんだ、こりゃあ⁉」

投射光が下がったのだ。スクリーンをずれたそれは、やくざ者と大男の首を登場人物のひとりとした。しかし、彼らの身体や舞台の上では、巨大な未明と黒巻の一部が争っているのだから、ひどくややこしい。騙《だま》し絵《え》の世界を見るようであった。

「あれ？」

せつらが洩《も》らしたのも道理《どうり》だ。光の中の男たちと

生首は急速に立体感を失い、みるみるうちに、映画の登場人物と同じ二次元平面と化したではないか。

　せつらへ襲いかかろうと刀をふるっても、銃火を放ってもそれは光の世界から出られなかった。そして、黒巻中也扮《ふん》する異国の吸血鬼が、鋭い爪《つめ》を走らせるや、その喉《のど》は鮮血——といっても黒血《こっけつ》だが——を噴いたではないか。

　次の瞬間、画面は急速に展開し——早送りだ——未明が黒巻に護符《ごふ》を突きつけ、一秒でその顔はぼろぼろに崩れて——終の文字が浮かぶや、スクリーンを闇が包んだ。やくざたちも、大男の首も消えた。

　せつらにはわかっていた。スクリーンの中の登場人物と化した彼らは、他の俳優たちや映画の世界同様、上映終了とともに消えてしまったのだ。恐らくは次に同じフィルムが上映されるまで。

「ジ・エンド——じゃなくて終《おしまい》よ」

　上映室の窓から、女の顔が覗いていた。

奇怪な上映者は、西夜であった。

第三章　不落《ふらく》の獣《けもの》

1

映写室で、西夜は静かに秋せつらを迎えた。

「ようこそ」

せつらは応《こた》えず、映写機に近づいて片手を当てた。冷えきっている。電源は入っていなかったのだ。

「何者？」

と訊《き》いた。

「やくざとも会わなかった——動けないはずなのに」

「謎は謎のままに」

西夜はひっそりと笑った。

動かない映写機で映画を上映し、現実の人間をその中に取り込んでしまった女。

目下《もっか》のところ敵ではないことが救いだった。

「首も映画の登場人物？」

せつらの問いに、西夜は首を振った。

「いいえ。やくざたちはそうしておけるけど、あの首は無理ね。いつかあそこから出て来るわ」

ちらと窓の外を見て、

「胴体が首を求めている。首も胴体を求めている。彼らは真の意味で不即不離《ふそくふり》の獣《けもの》なのよ。とりあえず、胴体だけでも確保しておきなさいな」

「ふむふむ」

と返してから、せつらは、ほおと言った。

二つにしたばかりの男の胴へ送った妖糸《ようし》が、もう塞《ふさ》がっていると告げたのだ。

それを改めて四つに裂《さ》いてから、せつらは携帯を取り出した。

二〇分で〈救命車〉が駆けつけた。西夜はいつの間にか消えていた。

降りて来た人物を見て、せつらは、

「これは院長センセイ」

「胴とやらは何処《どこ》だね？」

とメフィストは訊いた。

「館内」

メフィストがうなずくや、白衣の男女が侵入を開始した。青銅としか見えぬコンテナを台ごと運んで行く。

「仲間がいるはずだが」

メフィストの指摘に、

「留守」

「ふむ」

「待ち伏せしよう」

「無駄だ。獣の勘《かん》は鋭い。それよりも——奴《やつ》らは何処へ行った？」

「不明」

「ふむ。〈魔界都市〉に人狼《ひとおおかみ》——珍しくもない取り合わせだが」

「手術は失敗したとやら」

せつらは容赦《ようしゃ》なく言った。


「そのとおりだ。私の蘇生《そせい》術に勝《まさ》る死を彼らは患者に与えた」

メフィストはせつらを見た。せつらは肩をすくめてごまかした。今の白い医師は危《やば》いと判断したのである。

「気の毒に」

と言った。

「安易な同情はよしたまえ。患者にも私にも」

「勘違い」

とせつらが言ったとき、館内からやくざたちの死体が運び出されて来た。〈救命車〉の周囲に群《むら》がっていた身内らしい連中が駆け寄り、ひと目見て引いた。

「収容完了です」

と青い制服を着た担当者が報告に来た。

「では行くか」

〈救命車〉へと背を向けたメフィストへ、

「勘違いだって」

せつらは小さく繰り返した。

気の毒にのひとことは、患者に対してのものではなかった。況《いわ》んや白い医師へのものでもない。

彼の施術《せじゅつ》を失敗に終わらせた餓獣《がじゅう》どもへの同情であった。

彼らは、ドクター・メフィストを心底《しんそこ》から怒らせてしまったのだ。

「やれやれ」

溜息《ためいき》をひとつつき、つく理由もないなと思い直して、せつらも〈救命車〉へ向かった。

〈メフィスト病院〉の〝緊急搬送口〟を通過したところで、せつらの要求で大男の首と胴とを別々に収納したコンテナが激しく動き出した。

危《やば》いところへ入ったと気づいたらしい。

「出せ——出しやがれ」

と生首のコンテナが喚《わめ》き、胴のコンテナは猛烈な打撃音をたてた。そのたびにコンテナの表面が盛り上がった。

「これは——デュープ鋼のコンテナが、まるでブリキ板だ。ぶち抜かれるぞ」

眼を剝《む》いた担当者の表情が、不意に和《やわ》らいだ。思い出したのだ。誰が同乗しているか。

荒れ狂うコンテナに、白い影が近づいた。

打撃が熄《や》んだ。

低い唸《うな》りが車内を流れた。

頭部を納めたコンテナから洩《も》れる獣の声だ。

乗員《クルー》には、影の美しさに魅入《みい》られた喘《あえ》ぎ声と聞こえた。

「やるねえ」

と、もうひとつの美しい——こちらは黒影だ——が、奥の席でつぶやいた。

「怯《おび》えきってるよ」

突然、打撃が再開された。

「おやおや」

と黒い影——秋せつらが続けた。

「今度は興奮したか」

音が変わった。打撃から破壊へ。

コンテナを破って、片腕が突き上げた。

剛毛に覆《おお》われた腕は、しかし、人間のものであった。

それがみるみる指はねじ曲がり、関節はふしくれ、鉤爪《かぎづめ》が伸びていく。

白い手が手首を摑《つか》んだ。

獣の手は、同じ速さで人間に戻った。手が離れるや、だらしなく裂け目に消えた。

唸り声も熄んだ。

担当者たちが、安堵《あんど》と感動の溜息をついたとき、〈救命車〉は停《と》まった。

戸口へ向かうメフィストへ、

「置いとけば来るよ」

とせつらは声をかけた。病院の仲間を救いに人狼の残りが襲来するという意味だ。

「待ちかねている」

とメフィストは応じた。

「訊きたいことがあるんだけど」

「少し待ちたまえ」

「嫌だ」

「困った男だな」

「どうせ、すぐ色々吐かせるんだろ。傍聴《ぼうちょう》したい」

「好きにしたまえ。ただし、別室からだ」

「はいよ」

せつらは何度もうなずき、メフィストは溜息をついた。

大男は、せつらも知らぬ地下の治療室へ運ばれた。

そこまでコンテナを運んで来た医師や看護師たちが、足取りを乱し、よろめいて出て行く様は、石で囲まれた広いスペースが、尋常《じんじょう》な空間ではないことを物語っていた。

「答えられるな？」

とメフィストは頭の入ったコンテナへ放った。

「……何をだい？」

話しかけようとして、メフィストはせつらの方を見た。

世にも美しい顔が自分を指さしている。

「――訊きたまえ」

「どーもどーも」

せつらは礼を言って、

「おまえの仲間は何処だ？」

「知らねえな」

「仲間だろ」

「独立採算制でな」

せつらはメフィストを向き、

「いいかな？」

と訊いた。

「患者ではないし、いいだろう」

「どーも」

途端《とたん》に、コンテナが悲鳴を上げた。


「て、てめえ――やめろ……や、や」

「糸ノコのように切る」

この意味を考えれば、それこそ身の毛もよだつような、茫洋《ぼうよう》たる口調であった。

「あの声でトカゲ食らうかホトトギス」

とメフィストがつぶやいた。

「キーコキーコ」

とせつらは面白くもなさそうに言った。糸ノコの切断音である。それが単なる音響効果ではない証拠に、コンテナからは凄《すさ》まじい悲鳴が噴《ふ》き上がった。

「普通なら、とっくに死んでる。不死身も辛《つら》いね」

せつらは眼を閉じていた。彼にとっては、春のそよ風も、人狼の絶叫も、同じことなのかもしれない。

「何も――知らねえ――しゃべらねえ」

悲鳴だ。苦鳴《くめい》だ。聞く者は全員耳を押さえるだろう。

首の入ったコンテナが喚《わめ》いた。

「後は任《まか》せる」

こう言って、せつらは治療室を出た。

とりあえず、仕事のひとつは片づいたのであった。

エレベーターで一階へ上がり、正面玄関から一歩出るや、闇とネオンが取り囲んだ。

〈靖国通り〉の方へ曲がって、数歩進んだかたわらへ、通りから下りて来た黒いリムジンが停まった。エンブレムを見るまでもなかった。ロールス・ロイスである。

目もくれずに進む背へ、

「お久しぶりです」

典雅《てんが》な声がかかった。

「お乗りになりませんか？」

後部座席のドアが開く音がした。

せつらはふり向いた。

開いたドアの奥から、青白い顔が、絵のようなうすい笑みを見せていた。生ける死者だ。

〈新宿〉になら幾《いく》らもいるそれらと、ドアの向こうの主《あるじ》を区別しているのは、真紅《しんく》の唇であった。

「歩いて行く」

せつらはにべもなく言った。

「〈戸山《とやま》住宅〉の主《ぬし》が、わざわざお出ましだ。関わるとロクなことがない」

「人狼に関してです」

「詰めて」

さっさと乗り込んだせつらを、夜香《やこう》は苦笑混じりに眺《なが》めた。

広い車内をせつらは面白くもなさそうに眺めた。

冷え冷えとした空気にはガソリンの臭いもなく、動き出したはずなのに、衝撃ともエンジン音とも無縁だ。窓のついた石の壁に囲まれているような気がした。

夜香が乗ると、ただのガソリン車も東欧の深い森の中にそびえる城になるらしい。

「んで？」

とせつら。久闊《きゅうかつ》を叙《じょ》するなどという気は、さらさらない。

「いつ来ても素晴らしい街です」

夜香は前方――フロントガラスの彼方《かなた》に点《とも》る灯《ひ》や行き交《か》う人々を見つめていた。

「生命《いのち》に溢《あふ》れている。百万人分の熱い血潮《ちしお》だ」

「食事時《どき》かな――人狼くんも」

「先ほど、彼らのアジトを急襲しました」

と夜香は言った。

「え？」

「目的は彼らのトップの抹殺《まっさつ》でしたが、失敗に終わりました」

「何処で」

「〈市谷《いちがや》〉の〈国立遺伝子工学研究所〉の廃墟《はいきょ》です」

せつらは「?」という表情になった。

てっきり、〈亀裂〉内の〈古代遺跡〉と踏んでいたのである。

「そうか」

と言った。

「あいつら、突然変異体《ミュータント》か」

「そのとおりです」

夜香は優雅にうなずいた。彼より遥《はる》かに美しいせつらでも、この動きは真似《まね》できない。育ちの差だ。

「いかに伝説の人狼といえど、あの不死身ぶりは異常です。〈魔震《デビル・クエイク》〉に破壊されたとき漏出《ろうしゅつ》したエネルギーが大地に溜まり、それに〈新宿〉の妖気《ようき》が混《こん》交《こう》しました。彼らはそれを吸収したのです」

「もともと〈新宿〉に？」

「いいえ。発祥の地は、ヨーロッパ――セルビアの片《かた》田舎《いなか》です。その山中に代々呪《のろ》われた一族が暮らしていました――とは、お伽話《とぎばなし》ですが、彼らは〈新宿〉の話を聞いてやって来たのです。ここにこそ我らの天地がある、と。やって来たのは、〈魔震〉から一年ほど経《た》った頃と思われます」

ゆっくりと〈旧区役所通り〉を行く車の窓が叩《たた》かれた。麻薬《ドラッグ》売りかポン引きだ。無視していると、何時《っ》何処までも叩きつづける。

　運転手《ドライバー》が窓《ウインドウ》を開けた。窓ガラスは向こうから見えない非透過処理が施《ほどこ》してある。

「錠剤《クラック》と飲み薬《リキッド》があるけどよお」

　麻薬売人らしい髭面《ひげづら》が顔を近づけ、運転手を見た途端、ひえ、と叫んで遠ざかった。

　牙《きば》を剝かれたらしい。

　ふたたび窓が閉まる。

「彼らのねぐらが〈市谷〉――〈遺伝子研〉の敷地内だったのです。〈第一級危険地帯《ファースト・デンジャラス・ゾーン》〉ですが、不死身の彼らには、もってこいの隠《かく》れ家《が》だったのでしょう。そこで彼らは漏出した〈新宿〉ならではのエネルギーを、たっぷりと吸収したのです」

2

「ふむふむ」

「彼らは、約X年間そこで暮らしながら、〈区民〉を餌食《えじき》にしていました。この頃、大規模な掃討《そうとう》戦が行なわれたことは、ご存じでしょう。それに耐えかねて、彼らは地下へ潜《もぐ》りました。その間、犠牲者はゼロでした。ところが、ここへきて、ふたたび牙を剝きはじめたのです」

　夜香の眼が爛々《らんらん》とかがやきはじめた。血光《けっこう》だ。人を食らう獣人たちの所業を憎みながら、その血の饗宴《きょうえん》に彼の血も感応《かんのう》しているのだ。吸血鬼の血が。

「〈区〉は駆除の協力を依頼して来ました。我々は地を駆け夜空を飛んで、彼らを捜《さが》し求め、本日の襲撃に到《いた》ったのです」

「へえ」

　とせつら。〈区〉の介入は、彼の知らぬ間に、であった。

「けどさ――奴らの本拠は〈亀裂〉の――」

「あそこにいるのは、いわば反主流派です」

「すると主流派はまだ？」

「〈市谷〉におります」

「なぜ、二派に？」

「主流派を恐れたのです」

「仲間割れ？」

「左様《さよう》。人狼の群れでもリーダーがおります。それが途方《とほう》もない凶獣《きょうじゅう》と化して、仲間すら怯えさせる存在となってしまったのです」

「へえ」

せつらの応答は、茫洋たるものだ。いかなる大事を打ち明けられても、これは変わるまい。

夜香がすっと笑った。信頼の笑みだとせつらにわかったかどうか。

「人狼の大半は、リーダーの下《もと》を離れ、〈亀裂〉へ逃げ込みました。それでも飢えに駆られて人々を襲ったのはご承知のとおりです。あなたの働きで、ひとりは捕らえられました」

「嫌み？」

「とんでもない」

夜香は、はっきりと困惑《こんわく》を示した。

「ひとりでも大変な成果です。ですが、真の脅威《きょうい》はなお残存しています。彼を放置しておいては、程なく、〈新宿〉は咬殺《こうさつ》の地となって滅《ほろ》びるしかありません」

「そいつはなぜ、動かない？」

「反主流派を飽食《ほうしょく》したからです。しかし、じきに飢えが襲う。暴れ出すのは時間の問題です」

「何時頃？」

トンチンカンな問いに、夜香が眉を寄せ、

「さて。我々はこの情報に基《もと》づいて、リーダーを襲いました。しかし、彼はすでに逃亡した後だったのです」

「何処へ？」

「さて」


長く暗い通路を、白い医師が歩いていた。

死体安置所の片隅《かたすみ》に存在しているのは、関係者なら誰でも知っているが、どこまで通じているのか、知っているのは院長のみだ。

入ったものはいるが、出て来たものはない。向こうに素晴らしい世界が広がっているせいだと言われもするが、今では誰も、暗く冷たく湿《しめ》った穴の中に足を踏み入れはしない。

白い院長だけが行く。

何処から——何処へ？

前方にも後ろにも光はない。電灯の類《たぐい》はひとつも点《つ》いていないが、うっすらと四方は見える。

幅一〇メートル、床も壁も天井も石だ。継《つ》ぎ目はない。ひょっとしたら、ここは石の中に開いた穴なのかもしれなかった。

メフィストの足が止まった。

前方——五メートルほどのところに人が立っていた。

黒いシャツに赤いジーンズをはいた若者だ。野性的な顔立ちにふさわしい、たくましい身体は、露出した部分をことごとく剛毛で覆っていた。


「何処から入ったね？」

とメフィストが訊いた。

「ドクターと同じ場所からです」

獣が人語をしゃべる——そんな声であった。

「どうやってそれを知った？」

「匂いで」

「名を訊こう」

夜香が言った。

「ライガと言います」

「用件は？」

とメフィストが訊いた。

「その首をいただきたい」

「強い？」

「まともに戦えば、恐らく、あなたやドクターといえど」

かっと開いた口から獣の牙が覗《のぞ》いたのは、若者の身体がメフィストの頭上へ跳躍したときであった。

「私は会わなくて幸運だったかもしれません」

夜香が左胸に手を当てて言った。

「ライガなら、この心臓を食い取ったかもしれません」

「気弱だね」

「それほどの相手です。どうぞ、お気をつけて」

「待ってくれ。僕と対立しているのは、反主流派だろ。そのおっかないのとは関係ない」

「彼らは〈新宿〉で、単に人を食らうだけではない何かを企《たくら》んでおります。それが両派に共通しているのかそうでないのかは存じません。何にしろ、この街に不利益をもたらす企《くわだ》てである以上、彼らにとって、どうしても生かしておけない人物が二人」

「〈区長〉と〈警察署長〉だ」

「いいえ」

「君とメフィスト」

「往生際《おうじょうぎわ》がお悪いようですな」

「はーい」

とせつらは右手を肩のあたりに上げて、

「すぐ来るかな？」

「間違いなく」

「匿《かくま》ってくれ」

「喜んで」

「冗談」

「え？」

「そいつの弱点は？」

「ありません」

「不老不死はわかってる。とりあえず、その場凌《しの》ぎで結構」

「奴を鋼鉄の函《はこ》に閉じ込めて、マリアナ海溝にでも放り込むことです。我々はそれを実行に移すつもりでした」

「それしかないか」

せつらはフロントガラスに眼をやって、

「降りる」

と告げた。ちょうど、〈職安《しょくあん》通り〉とぶつかる寸前であった。

「ご不満でしょうが、護衛をつけます。ご迷惑はかけません」

静かに伝える吸血鬼一族の王へ、

「よろしく」

と、眠そうな声で応じ、せつらは車を降りた。

〈職安通り〉を渡って、〈大久保《おおくぼ》〉方面へとぶらぶら歩き出す。

さしたる理由はない。気分の問題であった。

左方は〈西武《せいぶ》新宿線〉の鉄路《レール》が続き、右方は茫々《ぼうぼう》たる草むらだ。

その何処かで、激しい動きと声が入り乱れた。

草の間から白い腿《もも》が跳《は》ね上がった。黒い影がそれにかじりついて、押しつぶす。

「やめて」

「うるせえ。すぐ天国へ行かせてやるぜ」

気配からして女ひとりに男は二人。

「やれやれ」

つぶやいて、足を止めたとき、背後に気配が生じた。

そのままぶつかって来たら、せつらすら手を打てなかったほどの隠形《おんぎょう》ぶりであった。

それは右方へ走った。

悲鳴が上がった。

せつらの眼は闇の中に血煙《ちけむり》を吐きながら上昇する人の首を見た。

「何だ、てめえは？」

それは、足下に転がって来た男の生首が発した声であった。まさに一瞬——殺された側にもそれと気づかせぬ神技《しんぎ》であった。

もう一度——悲鳴が上がった。

今度は首も飛ばなかった。

風が血の香りを運んで来た。

だが、せつらを吹き過ぎたとき、それは天香《てんこう》と化したかもしれない。

草むらから、上半身裸の娘がとび出して来た。前を隠した両手から乳房がはみ出ている。夜目にも白い肌のあちこちに赤い点が散っていた。せつらにも気づかぬふうで〈新宿駅〉の方へと走り去った。

せつらは追いもせず、娘が出て来た草むらを見つめていた。

何も起こらない。風ばかりが流れ過ぎた。

〈新大久保駅〉の方へ向き直り、せつらは歩き出した。

二歩目で、

「待て」

と声がかかった。一発で、苦痛をこらえていると知れた。

足を止め、ふり向いた。

草の間から、長身の影が立ち上がったところだった。

「頼みがある」

と言った。

「断わる」

影は返事を無視した。

「ドクター・メフィスト以外の医者へ連れて行ってくれ」

少し間を置いてから、

「誰だ？」

「ライガという」

「ははは」

「何がおかしい？」

せつらが笑ったのは、あまりの偶然に、噴き出してしまったのである。

脳裡《のうり》には、夜香の端整《たんせい》で凄絶《せいぜつ》な顔が浮かんでいた。

――彼と戦えば、あなたやドクター・メフィストといえどそう言わしめた相手が、どうやら傷を負っているらしい。

「メフィストと戦ったかな？」

影が固まった。

世界中の驚きではない。世界中の狂気を吸い込んだのである。

「おまえは……」

野性の闘志に満ちた声が言った。

「――秋せつらか？」

そして、こちらはあくまでも、

「だとしたら――闘《や》る？」

茫洋と。

「――勿論《もちろん》だ」

言い放った相手の声と気迫は、むしろ清々《すがすが》しいものであった。

「殺せなくても、封じることはできる」

とせつらは言った。

「バラバラにして、再生する前に、絶対金属の函に入れる。後は〈亀裂〉か、マリアナ海溝へでも沈めてしまえば、永久に出ては来られまい」

「そうはいかん」

影は前へ出ようとした――が、動くことはできなかった。

「普段ならその糸も簡単に切れたかな。だが、メフィストの傷を受けていては無理だ」

「黙れ」

灼熱《しゃくねつ》の闘志が風を弾《はじ》いてせつらに叩きつけた。

「それじゃあ仕方がない。闘るぞ」

驚くべきことに、こう言い放たれても、吹きつける闘志には、一点の乱れもない。全身を不可視の鋼《こう》糸《し》に封じられて、この若い男は、なおも戦う意思を捨ててはいないのだ。

次の瞬間、五体は血風の中で分断された――

その前に、

「なぜ、助けた？」

とせつらは訊いた。先刻の娘のことである。

「弱いものが暴行を受けていたからだ」

「〈新宿〉にも弱いものはいっぱいいるけれど」

「――何の話だ？　来い」

「いや、そちらが〈新宿〉を食い荒らすと、そういう人たちが困るかなあと」

「おれが――食い荒らす？　人間をか？」

「そうそう」

「コブラか、〈亀裂〉の一派に吹き込まれたな」

　影はからからと笑った。

3

「あいつらの陰謀につき合ってる暇はないが、あんたみたいないい男まで、だまくらかされるとなると大事《おおごと》だ。じき始末つけてやるさ」

　ぐらり、と影はよろめいた。

　このとき、雲間から月光が甦《よみがえ》り、何とか身を支えた黒いスーツ姿を浮き彫りにした。

　前を大きく開いた黒いシャツの下に、せつらの眼は剛毛の茂みと押さえた脇腹に滲《にじ》む血潮の赤を見ることができた。

　影――ライガは、せつらに向かって歩き出し、二歩目でよろめいた。

　ひょいと起き上がった姿は、糸で引かれる人形に似ていた。

「おかしな技を使うな。マリオネット使いか？」

「外れ」

　精悍《せいかん》な顔が太い眉を寄せた。ちらと傷へ眼を落とす。糸が探《さぐ》っているのを感じたらしい。

「深いね」

　とせつらは言った。

「メスの傷」

「ああ。まさか、この世に治らない傷があるとはな」

「自信過剰」

　せつらはまた〈大久保〉の方へ歩き出した。

引かれるような不自然な歩き方で尾《つ》いて来たライガが、不意に走って前へ出た。

「傷口が裂けるよ」

とせつら。

「放っておけ」

「他人の後塵《こうじん》を拝《はい》するのは我慢できない？」

「そうだ。親父《おやじ》の遺言でな」

「〈大久保〉にいい医者がいる。少し高いけれど」

「見合った出費は覚悟している」

「きちんとしてるね」

「でないと世の中渡っていけないのさ」

「経済学部？」

「いいや、教育学部だ」

「専攻は？」

「幼児教育法だ。文句があるか？」

「ない」

「藪畑《やぶばた》医院」は、〈新大久保駅〉名物のラブホ街のほぼ真ん中にあった。〈魔震《デビル・クエイク》〉の前からそこで開業していたが、〈新宿〉の他の医院と並んで、妖気の影響か、異様な治療と引き換えにその実力《うで》を究極まで高め、外科内科とも名医の評判が高い。知る人ぞ知るタイプなのは、あらゆるマスコミの取材を断わっているからだ。

受付に顔を出すと、いかにも無愛想な看護師が、頰《ほお》を真っ赤に染めて、

「秋さん――言ってくれなくちゃあ。またしばらく、まともに仕事しろと先生に叱《しか》られるわ」

と、震える手でテーブルからサングラスを取り上げ、かけたり外したりしてから言った。

受話器を取り上げ、

「秋さんがおいでです」

すぐに切って、

「診療室へどうぞ」

「先客が？」

「いま異常なしとわかったそうです」

「はあ」

待合室は、ごった返していた。風邪らしい少年もいれば、とび出しかかった眼球を押さえるやくざ者もいる。何に罹患《りかん》したのかわからないらしく、全身に検索器を這《は》い廻《まわ》らせている老人など、あからさまに瀕死《ひんし》状態だ。

診察室の前まで行くと、白髪《しらが》の爺《じい》さんが首をひねりながら出て来て、二人を見るや、凄まじい眼つきになった。

それがたちまち恍惚《こうこつ》の人と化すのを見て、ライガが、

「本物の色男てのは大したものだな」

と溜息をついた。

禿頭《はげあたま》にロイド眼鏡《めがね》をかけた藪畑医師は、傷口をひと目見て、

「ドクター・メフィストに喧嘩《けんか》を売るとはいい度胸だ」

と呆《あき》れた。

「しかも、ここまで来れるとは——まさか相討ちに持ち込んだのかね？」

「いいや」

とライガが、自信満々で首を横にふった。

「今頃、あいつの病院じゃ、葬式の準備に取りかかってるぜ。手強《てごわ》い相手だったが、目じゃなかった」

せつらが、かたわらで、

「それはそれは」

万年茫洋といった応答であったが、ライガは眉をひそめた。

「何だ、思ってもいねえことを口にするんじゃねえ」

「はあ？」

「おれが言ったことを信じてねえな、ドクター・メフィストを始末したってことをだ」

「この街で、信じる者などおらんよ」

と藪畑も言った。

「よし、面白《おもしれ》え。おい、今すぐ〈メフィスト病院〉

へ電話しろ。そうすりゃ一発だ」

「その前に治療をしなくちゃならないな。並みの妖人だったら、出血多量で死んでおる」

藪畑が深刻そうな顔で言ったものだから、ライガは胸を張った。

「はっはっは。おれが不死身だってのがわかったか？　不死身の男と戦って誰が勝てる？　――ドクター・メフィスト？〈魔界医師〉？　はっは、お茶の子さいさいよ」

「わかった、わかった。すぐに傷口を塞ぐ。手術室まで看護師が案内する」

「おお、よろしく頼むぜ」

「それじゃ」

あっさり背を向けたせつらへ、

「おお、色男、世話になったな。マジで助かった。礼を言うぜ」

「どーも」

「待てよ。なあ、こう見えても、おれはカッコつけなんだ。あんたを殺《や》る前に借りは返しに行くぜ」

「気にしない気にしない」

「そう言うなよ」

せつらは黙って外へ出た。

ドアを閉じる寸前、背中にこう当たった。

「あんた、カッコいいなあ。このおれが顔負けだぜ。またな」

歩み去るせつらを、待合室の患者たちの恍惚の眼が追った。風邪くらいとんでいってしまったかもしれない。


それから、せつらは何軒か情報屋をあたり、金平真次郎についての情報を求めたが、収穫はゼロであった。大空へ吸い上げられた男は、まだ下りて来ていないのだ。

最後の頼みは、外谷良子《とやよしこ》の〈ぶうぶうパラダイス〉だが、留守電であった。

ただいま留守にしております、のひとことが市販テープの女性の声だったのがせめてもの救いだった。

「留守です、ぶう」

これにうんざりしていた依頼人《クライアント》には旱天《かんてん》の慈雨《じう》だろう。

「経済活動に夢中な人狼か」

急に空《す》きっ腹《ぱら》に気がついた。

――「吉野家《よしのや》」でも
と思ったとき、背後から急速に足音が近づいて来た。

殺気はないが、接触した瞬間にドカンというのも〈新宿〉の常道だ。これを免《まぬが》れるのは勘と運しかない。

「秋さあん」

「見いつけた」

両腕に抱きついて来たのは、せつらにも見覚えのある若い女たちの顔であった。

服装からして、クラブか風俗だ。どちらもサングラスをかけている。

「ちら、と見たら秋さんだとわかったから、イカれちゃう前にこれかけたのよ」

茶髪の女が左胸を押さえながら言った。

頬はもう赤い。

「どちら様？」

関心のかけらもない声である。

「あーら、冷たいのね。前に『カティサーク』ってキャバクラで、やくざを一〇人ばかりバラバラにしたじゃない。あそこのホステスよ。もう濡《ぬ》れまくっちゃった。あたし――カオリ」

「あたし、ユカリ」

「ねえ、今日は遅番なの。ご飯ご馳走《ちそう》して」

ドレッドヘアのカオリが、せつらの腕にすりすりをしながらねだった。こちらは年上の才か、眼を逸《そ》らしている。

「『吉野家』」

「あら――」

「やだあ、こんな顔して『吉野家』？　お客がみんな卒倒しちゃうわよ」

呆れ返った茶髪のユカリへ、カオリが、

「莫迦《ばか》ね。何処行ったたって同《おんな》じよ」

「あ、そうか」

ユカリは身をゆすって、

「もっといいとこ行こうよ。誰もいない高級なお店」

「『くら寿司』」

「もう！」

二人は顔を見合わせ、

「いいわ。あたしたちにご馳走させて」

と声も合わせた。

「結構」

せつらはにべもなく拒否した。

「あーら、どうしてえ？」

ふくれっ面になる二人へ、その背後から、

「あたしがいるからよ」


西夜であった。

青いリボンのついた黒いボンネットの下で、白い顔が微笑を浮かべていた。

「な」

「なによ、この小母《おば》さん？」

驚きは表情にも声にも表われていた。恐怖のないのが不思議だった。

「前からの約束よ。この人が忘れてたの。そうでしょ？」

じっとせつらを見つめる眼差《まなざ》しのせいか、見つめても頬ひとつ染めない驚くべき現実のせいか、或《ある》いは何かを感じたものか。女たちは立ちすくんだ。

「さようなら」

西夜はひどく魅力的な笑みを浮かべて片手をふると、せつらを押すようにして歩き出した。

「助けてあげたわよ」

「どーも。で、何処へ？」

「あたしの知ってるお店」

数分後、せつらは茫洋と、「吉野家」の並盛牛丼を摂《と》っていた。少し憮然《ぶぜん》としていなくもない。ティーバッグで淹《い》れた緑茶をひと口飲《や》ってから、西夜は、

「不満そうね」

と言った。

「別に」

「そう拗《す》ねないで。肉の質を考えなければ、ステーキと変わらないわ。サラダもどう？」

「いらない」

最後のひと口を嚥《えん》下《か》してから、紅ショウガをひとつまみ嚙《か》みしめて、せつらは、

「ご馳走さま」

と言って席を立った。

「待ってよ」

西夜が追いかけて来た。

「意外に贅沢《ぜいたく》が好きなのね。深更酒《しんこうしゅ》なら、いいお店を知ってるわ」

「甘酒か何か？」

「嫌みったらしいこと言わないでよ。ちゃんとしたアルコール」

「飲《や》らない」

「はいはい。下戸《げこ》だったわね。ジュースかコーヒーもあるわよ」

「番茶で」

「爺臭《じじくさ》いわね」

西夜はひっそりと笑った。

〈バベルの塔〉から忽然《こつぜん》と消えて以来、何処で何をしていたものか。その謎がふさわしい女だった。

せつらを導《みちび》いたのは、〈靖国通り〉に面したビルの地下にあるバーであった。店名を記した看板もプレートもない。

店内は青い光に満ちていた。

カウンターにもボックス席にも客はいたが、すべて影のように見えた。話し声ひとつ、煙草《たばこ》の煙ひと

すじ上がらない店内で、カウンターの向こうの主人らしいバーテンが、静かに、

「いらっしゃい」

と告げた。

スツールにかけてから、西夜が、

「私はトム・コリンズ、こちらはノン・アルコールのカクテルを何か」

「ザクロのいいのが入ってますが」

バーテンの無表情は不快なものではなかった。

「任せるわ」

「では」

「気に入った？」

問いの相手はせつらだった。その相手は左右を見廻し、

「夢かな」

と言った。

「この店には前に一度来た。銃撃戦になった。麻薬の売買の温床で、こんな店じゃなかった」

「この街で、何が夢で何が夢じゃないかと尋《たず》ねても無意味よ。私やあなたも、誰かの夢にすぎないのかもしれない」

「ごもっとも」

「嘘《うそ》よ」

と西夜は言った。

「――こんな凄《すご》い街が、人間とそうじゃないものの生命とエネルギーに溢れた街が、はかない夢のわけがないわ。誰でも汗を流すし、血も流す。悲しければ思いきり涙を流して泣くし、嬉《うれ》しければお腹《なか》を抱《かか》えて笑う。気に入らなければ大喧嘩《おおげんか》、それでも収まらなければ殺し合いよ。老人から子供まで、他人の犠牲の上に胡座《あぐら》をかいて生きたいと企んでるくせに、夜中に悲鳴が聞こえれば、裸足《はだし》で助けに行く者がいる――〈区外〉の法律も最新兵器も歯が立たない。こんな街が、ひとつくらいあってもいいでしょう」

「いい悪いじゃない」

声は西夜の隣——カウンターの奥からした。ちら、と眼をやっても、人影としかわからない。

「〈新宿〉はここにある。多分、人間の思惑《おもわく》を無視してな。計画し、設計し、道を造り、ビルを建てたのは人間だが、それと、存在するということは別ものだよ」

「人間ばかりじゃないさ」

今度は反対の奥に腰を下ろした影が言った。男の声としかわからない。

「魔性《ましょう》、妖体《ようたい》、怪物、妖術師——理知に仇《あだ》なす連中もこの街の住人だ。存在の善《よ》し悪《あ》しなど問題じゃあない。おれは、同僚が見えない魔物に〈新宿通り〉で食い尽くされるのを見た。本当に頭からかじられたんだ。顔が半分なくなり、腕が指先から消えていく。内臓がこぼれる暇もなかった。悲鳴が上がったが、あれは観光客だ。おれは少しも怖くなかった。こいつも殺られたかと思ったきりだ。これが〈新宿〉だ、ってな。〈新宿〉一の大通りで、真っ昼間に頭から食われて無くなってしまう——こんな見事な死に方があるか。この街で生きるってのはこういうことさ。別の日、〈中央公園〉の塀《へい》の前で、脱《ぬ》け出して来たらしい妖物《ようぶつ》を、通行人が携帯用の火炎放射器で焼き殺すところも見た。あれは女子高生だった。十六、七の娘に焼き殺される蠍《さそり》そっくりの妖物って、悲劇を通り越して喜劇だぜ。しみじみ思ったよ。明日からまた仕事に精を出そうってな」

影たちの言葉は、せつらたちに届く前に消えてしまうのではないかと思うくらい低かった。

「いい店だ」

とせつらは言った。

その前に、バーテンがタンブラーを置いた。音はしなかった。バーテンは足音ひとつたてず、カウンター内を往復しているらしかった。

第四章　影歩《あゆ》む街

1

「どーも」

グラスを取り上げて、せつらはひと口飲んだ。甘《あま》酸《ず》っぱい刺激が、クラッシュした氷と食道に伝わっていく。

「どう?」

西夜の手にしたウイスキー・グラスの中で、琥珀《こはく》色の液体が揺《ゆ》れている。何もかも、音も気配もなく成《な》し遂《と》げられるのだ。

「上々」

とせつらは返した。ザクロ・ジュースの味のことである。

「よかったわ——気に入ったらしいわよ」

西夜が声をかけたのは、誰だったのだろう。

小さな物体がカウンターの上を滑《すべ》って来て、せつらの前で止まった。カウンターのどちらから放られた品か、せつらにはわからなかった。

金張りのライターであった。

じっくりと眺《なが》めてから、せつらは手に取った。

裏側に名前が刻《きざ》んであった。

KANEHIRA
「〈南榎町《みなみえのきちよう》〉」

「何処《どこ》で?」

誰かが答えた。ボックス席だったかもしれない。

「いい店だ」

せつらは繰り返した。

「よろしかったら。サービスです」

いつの間にかやって来たバーテンが、湯気のたつ皿を二人の前に置いた。

チキン・ライスと冷奴《ひややつこ》だった。

「あなたの好物?」

西夜が訊《き》いた。揶揄《やゆ》するような響きがあった。

「内緒」

「口止め料は?」

「は？」

白い花のような顔が近づいて来た。風に押されたような動きが、せつらの動きを封じた。

唇が重なった。

「どーも」

グラスを軽く上げたせつらに、

「何だか高くつきそうね」

と西夜は微笑した。

「食事をなさいな」

気配が自分から遠ざかるのを、せつらは感じた。しなやかなシルエットが床に下り、

「よろしくね、マスター」

と声をかけ、戸口へと向かった。一度もせつらの方を向かずに、ドアが開き、閉じた。

せつらと唇を重ねたら用がないとでもいうふうな、素《そ》っ気《け》ない去《さ》り際《ぎわ》であった。

せつらは小首を傾《かし》げた。

幽《かす》かな香りが残っている。西夜の香水に違いない。この店は、ここにいる自分は夢なのか、夢ではないのか。

スプーンを取り上げ、熱い食事を口にした。

「美味《うま》い」

食事を終えると、せつらは店内を見廻《みまわ》した。影たちはそこに残っていた。せつらが入ってきたときから、動いていないのではないかと思われた。

「お勘定《かんじょう》は結構です」

とバーテンが言った。

「是非《ぜひ》またいらしてください」

「どーも」

せつらは外へ出た。

それきりふり返らず歩いた。

見慣れた街であり、通りであった。

タクシーに手を上げてからふり向いた。

店のある一角は闇に沈んでいた。

〈南榎町〉も闇に溶けていた。

「お客さん、気をつけなよ」

降り際に運転手が、心配そうに声をかけて来た。他人の身を気にするタイプとは思えない。目的地の持つ恐怖がそうさせているのだった。

暗雲が月を隠している。

せつらは黙々《もくもく》と歩いた。

〈南榎町〉は〈区内〉でも平凡な住宅街であった。北は〈榎町《えのきちょう》〉に、東は〈矢来町〉、西は〈弁天《べんてん》町《ちょう》〉、南は〈市谷山伏町《いちがややまぶしちょう》〉に接する。名所といえば、泉鏡花《いずみきょうか》旧居跡と林羅山《はやしらざん》を筆頭とする林氏の史跡くらいである。

家々のほとんどは黒々と眠りにつき、明かりが点《とも》るのは数軒に過ぎなかった。通りにもひと気はない。

右方に明るい窓辺が迫って来た。

カーテン越しに、笑い合う人影が見える。

だが――

さらに進んで足を止めた。

せつらは荒涼《こうりょう》たる廃墟《はいきょ》に立っていた。

またたく灯影《ひかげ》は、〈弁天町〉のビルか、〈矢来町〉の住宅か。

遮《さえぎ》るものは何ひとつない。

ただ荒涼たる窪地《くぼち》が蜿々《えんえん》と広がっているばかりだ。

〈魔震《デビル・クエイク》〉から数カ月を経《へ》て、束《つか》の間《ま》の平穏《へいおん》を〈新宿〉が意識しはじめた頃、〈弁天町〉からの牛乳配達が、朝靄《あさもや》の中に呆然《ぼうぜん》と立ち尽くした。

昨日までは確かに存在した〈南榎町〉の建物が、忽然《こつぜん》と消滅していたのである。深さ二メートルほどの窪みだけが視界を埋めていた。

ちぎれたガス管や水道管、エネルギー・ケーブルその他のインフラは影も形もなかった。

それから、戻って来たものはいない。

時折、深夜に近くを通りかかる通行人やパトロールの警官が、闇中《あんちゅう》に点る明かりや人影を見、笑い声を聞くばかりだ。

だが、そちらへ向かっても明かりには辿《たど》り着かない。人影はすぐ闇に呑《の》まれる。今夜のせつらのように。

せつらは窪地に下りた。調査団の使った梯子《はしご》や石段が残っている。

人狼《ひとおおかみ》たちは、空中へ拉致《らち》した金平をここへ連れ込んだ。恐らく、消えた街に。

そこの住人に案内させる他はない。

下りてすぐ声をかけた。

「いる――？」

「お客だぞ――」

返事はない。

風もない。

空気と世界が凍《い》てついているばかりだ。

右方で、がしゃり、と鳴った。

三メートルほどの山が出来ていた。

それが白い骨を盛ったものであることを、せつらの眼は認識した。

右手を伸ばすと、手の中に骨が一本とんで来た。

上腕《じょうわん》骨の一部だ。

一片の肉も血もついていない。昨日今日肉の剝《は》がれた新品なのに、臭気すらゼロだ。凄《すさ》まじい食べっぷりであった。

「西瓜《すいか》は皮だけ残す」

山が崩れた。

美的均衡すら感じさせた積み方が一気につぶれ、数千の破壊音がまとめて闇に広がった。

骨どもが襲いかかって来たのは、次の一刹那《いちせつな》だった。

どの骨の端も、鋭く尖《とが》っている。いかに秋せつらの妖糸《ようし》といえど、一〇〇〇に近い破片を打ち落とせるはずがない。

せつらは地に伏せていた。

骨はすべて背後の闇に消えた。

「そう簡単にはいかんと思っていたが、やっぱり、な」

闇が冷たい声を放った。

「どう捜《さが》しても無駄だ。おれたちはここにはいない」

「ひとりいた」

せつらは伏せたまま応じた。

「首と胴が離れていた。おまえたちもそうなる前に、降伏しろ」

こういう命令口調には、およそふさわしからぬ声である。闇が嘲笑《ちょうしょう》した。

「おれたちの正体が、まだわからねえのか。死にゃあしねえんだ。戦いてのは、死なないほうが勝つんだよ」

「ふふふ」

せつらは低く笑った。本来の意図は嘲笑だろうが、彼がやると、大根《だいこん》役者の棒読みにしか聞こえない。

「首と胴を別々に埋めてやる」

せつらには珍しい挑発的言辞《げんじ》に、声の主は血が頭に昇ったらしい。

グルルと聞こえた獣《けもの》の唸《うな》りは、明白この上ない殺意を含んでいた。

「やってみろ！」

闇が叫び――走った。

生々しい切断音が空中に弾《はじ》けた。

空中に張ったせつらの〝守り糸〟に、敵がかかったのである。

どっと地面に叩《たた》きつけられた身体《からだ》は縦に裂《さ》けた狼そのものであっても、地味なジャケットとシャツにジーンズが意外と似合っている。

「この痛み――高くつくぞ」

狼は人間の言葉で呻《うめ》いた。声は二カ所から聞こえた。二つの身体が半《なか》ばで断《た》ち割られた声帯を震《ふる》わせているのだ。

「斬ろうと砕こうと無駄だ。待っていろ」

ごろりと動いて重なろうとした身体が四つに――

そして、八つに分断した。

「質問に答えてもらおう——金平は何処にいる?」

「知らん」

地獄の苦痛に顔を歪《ゆが》めながら、狼はなおも傷口を重ね合わせようと蠢《うごめ》いた。

「無駄だ。おまえに巻いた糸は、肉体が復元しかけるたびに、おまえを両断する」

身の毛もよだつことを口にしたが、どうも効果が薄い。

「貴様もわかってないな」

と肉塊《にくかい》が侮蔑《ぶべつ》の言葉を放った。声は四重に響いた。

「おれたちは確かに伝説の人狼だが、映画や小説に出て来る粗雑な男ばかりじゃないぜ」

「?」

せつらは大きく身体をそらして、左方から突っ込んで来た影をやり過ごした。

〝守り糸〟はふたたび攻撃者を二つに裂いたはずであった。


二人目は、一〇メートルほど向こうに仁王立《におうだ》ちになっていた。身体はそのままである。

その頭から両手の指先、両脚《あし》の爪先《つまさき》までを覆《おお》った黒いプロテクターが、せつらに真相を気づかせた。

「新製品?」

質問にそいつが答えた。

「そのとおり。おまえの糸と闘《たたか》った後、アジトへ戻ってすぐに作り始めた品よ。まだ試作品だが、二度くらいは保《も》つ。さて、あと一回でおれを仕留めないと、生命《いのち》の危機だぞ」

「余計なことを」

影が近づいて来た。

妖糸が迎え撃《う》つ。その下を奇怪な装甲の姿は走った。

どん、と大波が打ち寄せたかのような衝撃がせつらを宙にとばした。

大きな放物線を描く——その果ては窪地の壁であった。

その身体が撥《は》ね返って、地面へ着地しかけたのは、間一髪《かんいっぱつ》で張った妖糸の力だが、せつらは意識を失いかけていた。

人狼がぶつかる寸前にも彼は十文字の妖糸を張り巡《めぐ》らせたのだ。敵は難なくそれを断ち切ってせつらを襲った。信じ難いパワーであった。

だが、とどめを刺すべき絶好の機会に、敵は立ち尽くしていた。

頭頂から股間へ、腰から腰へ——装甲上に十文字に走る朱線がみるみる太さを増して、彼は前のめりに倒れ、かろうじて右手で身体を支えた。

「あの……糸……気をつけろ」

装甲が内側から吹っとんだ。

2

十字に鮮血を噴《ふ》いた男は、その両眼から、さらに凶々《まがまが》しい憎悪の血光《けっこう》を放っていた。

「無事か、ジャギ？」

闇の奥から、ジャケット姿の男がひとり現われて、血まみれの男に並んだ。

「ああ——すぐにくっつく——と思う。ここまでキツいとは思わなかった。とんでもない色男だな」

「悪い芽は早いうちに摘《つ》め、か。おれに任《まか》せろ」

男はグルルと洩《も》らした。鼻面《はなづら》が伸び、剝《む》き出した牙列《がれつ》の端から涎《よだれ》がしたたった。

その彼を引き戻して、

「よせ——おれがやる」

前へ出たジャギの口元で、血泡《ちあわ》混じりの乱杭歯《らんぐいば》がぎりりと鳴った。斬撃《ざんげき》の痛みはともかく、傷口は急速に塞《ふさ》がりつつあった。

対して、せつらはまだ打撲の後遺症か、片手をついたまま立つこともできない。

「これで八つ裂きにしてくれる」

ジャギは両手を胸前で構えた。指は獣の鉤爪《かぎづめ》に変わっていた。

不意に彼は顔を上げ、頭上の暗黒天をめがけて咆《ほう》哮《こう》を放った。

ウォオオオ
恐らくは獲物を食らう前の勝利の勝鬨《かちどき》であったろう。

果たして、同じ叫びが幾《いく》つも、呼び交《か》わす声のごとく応咆《おうほう》しはじめたのである。

遠い都庁のビル群の一角から、〈歌舞伎町〉の雑《ざっ》踏《とう》のただ中から、〈四《よ》ツ谷《や》駅〉の廃駅舎《はいえきしゃ》の屋上から――いや、正しくは何処とも知れぬ怪所《かいしょ》から、それらは、生贄《いけにえ》の儀式への共感と参加を希望しつつ、夜の空に鳴り響いた。

もうひとつ加わった。最初は他のものと変わらぬ獣の叫びであった。

だが、耳を澄ませ。他の叫びは次々に嗄《か》れ、消えていくではないか。新しい声にまといつく凶暴と凶悪が圧倒的な迫力を持ちはじめたのである。

「クレバ――気をつけろ。奴《やっ》だ」


ジャギが牙《きば》をきしませた。クレバと呼ばれた三人目は身を屈《かが》め、四方へ眼を走らせた。

その顔に点々とふくれ上がるのは緊張の汗か――冷や汗か。

数秒後の闇が、こう告げた。

「そこの色男に借りを返そうとうろついていたら、タクシーに乗るのを見かけた。返すまで、誰にも手を出させやしねえぞ。ましてや、おまえらのごとき屑《くず》どもにはな」

「ラ……ライガ」

二つの呻きが糸のようにのびて、闇の片隅《かたすみ》に巻きついた。

そこから、ずいと前へ出た人影は、まさしくライガ。

精悍《せいかん》この上ない顔立ちと冷厳《れいげん》の極《きわ》みともいうべき眼が二人の同類とせつらを納めて、

「おれと出会った以上、無事で済むとは思っていねえだろうな。覚悟を決めて、かかって来い」

挑発にしては落ち着いた声である。だが、二人にとっては否応《いやおう》のない死の宣告に響いたに違いない。

「ジャギ」

「クレバ」

声を合わせるや、ぐいと身を屈めて狂気のごとく地を蹴《け》った。

疾走と激突は一瞬であった。戦いも。

鋭く風が裂け、骨が砕け、首が飛んだ。黒い血《ち》煙《けむり》の舞いに巻き込まれたのは、二人の凶漢《きょうかん》であった。

舞いが熄《や》んだ。

「無事かい、色男?」

清々《すがすが》しい声が近づいて来た。

ライガの顔が笑っている。

旧友との再会を終えた幸せな笑顔であった。

「どーも」

とせつらは応じた。

何とか立っている。


「とぼけるなよ、この策士が」

ライガはさらに笑みを深くした。

「とっくの昔に呼吸は普通に戻ってる。こいつらの油断を見澄ましていたな。ほれ――おれの恩人に手え出した罰は与えといた」

両手をふると、ぶら下げていたものが、せつらの足下《あしもと》に落ちた。ジャギとクレバと、もうひとつ――せつらに分断された男の生首――半分だけ――であった。

「ご丁寧に」

「わはは」

ライガは大笑した。せつらの挨拶《あいさつ》がおかしかったのだ。

「とぼけた色男だな。そのくせ、頭の中はどんな鋼《はがね》より硬くて切れる剃刀《かみそり》の刃《は》ときてやがる」

「誤解だ」

「何がゴカイだ、だ」

「――ところで、こいつらの首と身体は――」

「安心しな。仲間同士で殺し合った犠牲者は、二度と復活しねえ。こいつらは永久におしまいさ」

「ふーん」

さしたる関心を示さなかった。その辺は、メフィストの〝図書室〟で調査済みである。

「あーあ。訊きたいことがあったのに」

「ほんとうか、そりゃ悪かったな」

ライガは心底《しんそこ》済まなそうに言った。

「借りは返したと思ったが、あんたひとりの手でも切り抜けられるとわかった以上、返したとは言えん。その捜し物の名前を教えてくれ」

「いらない」

「どうしてだ？　借りを返させてくれ。でないと、気になって、世の中渡っていけねえ」

「治療は終わったの？」

「おお。さすがに名医だったぜ。五分とかけずに治してくれたよ。ただ、無茶すると傷口が開くかもしれんそうだ。薬も貰《もら》ったぜ」

とジーンズのポケットから白い紙袋を取り出し、表面に印刷された文字を読んだ。

「朝晩二回、食後一時間以内に二錠ずつ服用のこと、だってよ」

「それはそれは。とにかく、僕の件からは手を引いてくれ」

「だから、どうしてだ？　こいつらはおれの同類だが敵だ。一緒に片づけてやるよ」

ライガは胸を叩いた。

それだけで、この世にこんな頼もしい男はいないと思わされる。だが、せつらは首をふった。

「わからねえ男だな」

ライガはふくれっ面をした。

「またとねえ相棒が出来たってのに、こーも簡単に袖《そで》にするとはな。よし、わかった。おれも男だ。そこまで嫌がられちゃあつき合う義理はねえ。手を引こう。だがな、あんたに借りを返すまでは、勝手に動くことにするぜ」

「動かないことで借りを返そう」

「いいや、駄目だ。おれの勘だが、あんたはおれと組んだほうが絶対にいい目が出る。安心しな、借りを返したら、その場でおさらばするよ」

「…………」

「じゃ、ま、しっかりな」

ライガは一歩下がった。下がると同時にその姿は闇に呑み込まれた。仲間同士だとでもいうふうに。

せつらは溜息《ためいき》をひとつついて、足下の生首を見下ろした。

「役立たず」

小さくののしって、窪地を出た。いつもの口調のせいか、生首も怒ったようには見えなかった。

死闘の最中は気がつかなかったが、何件か同じ番号から連絡が入っていた。下四桁《けた》を変えれば〈メフィスト病院〉の受付だ。

ナンバーをプッシュすると、

「ドクター・メフィストの秘書室です」

若い男の声であった。

せつらは少しの間、携帯を見つめた。秘書室というのは初めてだ。存在さえ知らなかった。

「いつ出来た？」

おかしな問いだとは思いながら訊いてみた。

「失礼ですが、秋せつらさんですか？」

切り返して来た。

「そう」

「ドクターから、お話はいつも伺《うかが》っております。秘書室長の水無瀬《みなせ》と申します」

「それで」

「秘書室は出来てから一年になります。お断わりしておきますが、これは〈メフィスト病院〉所属の部署ではございません。あくまでも、医師メフィスト個人のスタッフでございます」

「それはそれは」

「お電話を差し上げたのは他でもございません。実はメフィストが重傷を負いまして」

せつらは、ちら、と宙を仰《あお》いだ。

――本当だったか
若い声は続けた。

「目下《もっか》、容態は一進一退でございます。予断を許しません。ご都合がついたらでよろしいのですが、一度顔を見に来ていただけませんでしょうか？」

「ドクターは何と？」

「口を利《き》ける状態ではございません。この電話も私の独断でございます」

「気が向いたら」

一瞬、沈黙が生じ、向こうはすぐ、

「承知いたしました。よろしくお願いいたします」

変わらぬさわやかな口調の底の底に、怒りと安堵《あんど》と――勝利感が息づいていた。

せつらは黙って電話を切った。

もう一本、留守電が入っていた。

「『調査センター・オズマ』の建石《たていし》と申します。依頼された日時の飛行体の使用状況ですが、お知らせいただいた場所での使用は、合法違法を含めて一切《いっさい》ございません」

〈新宿〉の空にはかなりの数の気球や飛行船が浮かんでいる。その殆《ほとん》どが企業や〈区〉の宣伝用だが、闇組織や個人が運用するものも少なからずある。

金平を空高く拉致し去った存在はそのひとつに違いない、とせつらは踏んだのだ。

――すると、完全な確認不能飛行物体か
飛行物体に関しては〈新宿〉一の調査能力を誇るオフィスすら気づかぬものが一個、〈魔界都市〉の上空を漂っているのだった。

そこへ侵入するには、どうすればいいか？

金平を拉致した具体的な理由は？

彼は何をさせられているのか？

――人狼と金融会社の社長か
映画のタイトルにもならないと思いながら足を進めていくと、

「お帰りなさい」

声をかけられた。

秋せつらに気配すら感じさせせぬ女が誰か、言うまでもあるまい。

「残念だったらしいわね」

「なぜわかる？」

「別れたときより綺麗《きれい》に見えるわ」

せつらが黙っていると、

「ドクター・メフィスト——危ないらしいわね」

と来た。

「なぜ知ってる？」

「これでも地獄耳なのよ」

「なら、もうひとつ教えてくれないか」

「何かしら？」

「さっき、人狼のタックルを食らった。衝撃は一〇〇トンを超えたけど、何とかなった」

「はい」

「普通ならバラバラだ。防ぐ糸はあっさり断たれた。ところが、ぶつかる寸前、そいつは急制動をかけた。明らかに止まろうとしたのさ。僕が歩いていられるのはそのお蔭《かげ》だ。何故だ？」

「さて」

「おとぼけ」

「私はあなたのための百科事典じゃないのよ」

「じゃあ何？」

「ドクター・メフィスト——放っておくつもり？」

「あれも運命」

「そうね」

現われた目的とは、最も遠い返事を西夜はした。

「——行ってあげたら？」

「嫌《や》」

「どうして？」

「見たくない」

西夜は眼を閉じた。次の言葉まで、ひどく短かった。

「——正しい選択ね。ドクターは悲しむでしょうけど」

「君は何もわかってない」

「そうかもしれないわね」

西夜は、例の微笑を浮かべた。

「またあの店へ来て」

「あれば」

「そうね」

笑みが深くなった。黒瞳《こくどう》にせつらが映っている。見た者を忘我《ぼうが》の淵《ふち》へ誘《いざな》う美貌《びぼう》が。

やがて、彼は背を向けて瞳の奥に見える光の流れへと歩き出した。

3

翌日の昼近く、せつらは〈新宿区役所〉の近くにある貸しビルを訪れた。

五階の「新宿フライト・ツアー」のオフィスが目的だった。

受付の係員に申し込みをすると、相手は恍惚《こうこつ》と、

「目下、上空に異常気流が発生中のため、気球、飛行船、アドバルーン、その他あらゆる飛行体は、〈区〉の指示によって飛行を差し止められております」

「そこを何とか」

じっと眼の奥を覗《のぞ》き込んだ。

「わかりました。しばらくお待ちください」

係員はおぼつかない手つきでパソコンを叩きはじめた。

一分とかからずに、せつらをふり返り、

「飛行に関するあらゆる保証はお付けしかねます」

と言った。虚《うつ》ろな声である。

「それでよろしく」

「承知しました。では……」

係員は、ちらと天井の方を見てから、パソコンのキイをひとつ叩いた。監視カメラの位置を変えたか、焦点《フォーカス》をぼかしたのだろう。

手元のセンサー台をせつらの前へ滑らせ、

「こちらへ携帯を置いてください」

と言った。

せつらが従うと、息も絶え絶えに、

「飛行体は個人用気球になります。細かい条件はそちらへ送信いたします」

これだけ言うと、挨拶もなしで椅子《いす》の背にもたれかかった。二メートルと離れていないところで、せつらとやり取りしていたのだ。こうなるしかない。最低一週間は人間《ひと》として使いものになるまい。

しかし、最後の仕事は成し遂げたようだ。

せつらがビルを出てすぐ、NTTの極秘扱いメールが携帯に入った。


〝飛行体はバーナー式個人用気球：旧型R処理909。本日、午後二時までに、直接当社ビル屋上へ来られたし。なお、通常契約に付随《ふずい》するあらゆる保証はお付けいたしかねます〞

——三時間
空を飛ぶまであと三時間ある。その間に〈新宿〉では何が起きるだろう。
〈区外〉からやって来た金融会社が、金融庁公認の〝私設銀行〟の設立を求めて、梶原〈区長〉の許《もと》を訪れ、〈大京町〉のマンションを襲った人狼三名は、三名の住人を貪《むさぼ》り食ったが、マンションの警備システムに遮られてそれ以上の飢えを満たせずにいるうちに、〈機動警官《コマンド・ポリス》〉が駆けつけ、攻撃を開始する。三名は屋上へ逃亡し、警官たちを一〇名以上貪り食った上、屋上から地上へととび下り、易々《やすやす》と逃亡。マンションは一〇階建てである。
〈大久保〉の地下にある違法鉄工場では、〈区外〉からの依頼によって、人間用とも獣用ともつかぬ装甲三体が成形されるが、どれも強度テストを通らず、溶かされてしまう。かろうじて一体のみギリで通過。取りに来ていた人狼に手渡す。そして——

〈新大久保〉駅前の雑踏を歩くハンチングを被《かぶ》った人狼は、用心を怠《おこた》っていなかった。人間など目ではないが、唯一《ゆいいつ》、彼らに匹敵《ひってき》する存在が最低三名いることは骨身《ほねみ》に沁《し》みている。うちひとりが、かなりの遠方からでも、同類を嗅《か》ぎ分けられることも。

果たして、丁度《ちょうど》〈駅〉前で、

「相変わらず男前だなあ」

と声をかけられたのである。

ふり向こうとする身体は、

「こっちを向くな」

のひと声で停止し、

「そのまま歩け」

の指示に従った。

「あんた……ライガだな？」

「久しぶりだな、オオダ」

死の声は明るく、屈託《くったく》もなかった。

「まさか、こんなところで闘《や》り合うつもりじゃねえだろうな？　大騒ぎになるぜ」

オオダも低く返した。他人の耳には聞こえない魔《ま》性《しょう》同士の会話である。

「騒ぎなんぞ気にする玉か、てめえが。人間なんぞ何千人殺したって平気《へいき》の平左《へいざ》だろうよ、おれもそうだ」

「どうしてここへ？」

「そのバッグの中身——形からして変身用の鎧《よろい》だな。〈新宿〉中を嗅ぎ廻ったら、〈歌舞伎町〉とこの辺《あた》りが、いちばん臭いがキツかった。うろついててよかったぜ」

「どうしようってんだ？」

「何も。おまえはこのままアジトへ帰りゃいい。そうすりゃそれまでは生きていられるぜ」

「本気かい？」

オオダの声が一気にひそまった。腹を括《くく》ったらしい。すぐ、

「いい場所があるぜ」

と言った。

「何処だ？」

「『ヘルスセンターＯＨ』の付属施設さ」

ライガの口元が笑いの形に歪んだ。

「〝実戦格闘場〟か。よっしゃ」

それは二人の進行方向右に立つ六階建ての施設であった。

名称通り、エクササイズ・スペースやサウナ、レストラン等を備えた健康維持センターで、〝実戦格闘場〟とは、その付属施設に当たる。

「ヘルスセンター」の受付で〝最高危険度《モースト・デンジャラス》〟の殺人ゲームを選んだ。

ミニスカ・ボディコンのホステスが、一階の一室に案内してくれた。

「ご存じでしょうが、片方、或《ある》いは両方が重大な負傷をしない限り、ゲームはＯＶＥＲになりません。それではご健闘を祈ります」


ゲームの基本は、コンピューターと３Ｄ分子結合技術が生み出す〝戦場〟で戦うことである。ゲーマーは用意された武器ストックから、見合った武器を選んで〝戦場〟へと赴《おもむ》く。問題は〝戦場〟が刻々と変化することだ。

茫々《ぼうぼう》たる平原が忽然と果てしない海洋に化けると、武器も戦法も変わらざるを得ない。それを見越して武器を用意できる勘を持っている者だけが生き残れるのである。

ゲーマーは、自分自身が〝戦場〟へ出てもいいし、創作したキャラクターに意識のみ憑依《ひょうい》させ、自らはベッドに横たわっていても構わない。どちらにしても、死は確実に最低片方の許を訪れるわけだ。

「武器もキャラクターも不要だな？」

念を押すようなライガの問いかけに、

「勿論《もちろん》だ」

とオオダはうなずいた。

「ハンデをつけてやろう」

不意にライガが言った。

「え？」

「おれは武器を使わねえ。おめえは好きなだけ仕込むがいい」

「本気かよ？」

「ライガが嘘《うそ》をつくと思うか？」

「いいや」

オオダは希望に眼をかがやかせた。

一分後。

鉄と血のみの時間が待つ平原に、二人は対峙《たいじ》した。

周囲は死で飾られていた。

灰色の雲が低くたちこめ、その下におびただしい兵士たちの死体と、打ち捨てられた兵器が横倒しになっていた。現実以上に現実的な偽《いつわ》りの死であった。どれも泥にまみれ、地面はぬかるみだった。

ライガは前方——二〇メートルほどの地点に立つオオダを凝視《ぎょうし》していた。

ごつい獣機兵型装甲で覆われた全身は、アニメで見かける機械化兵のように見えた。

思わず噴き出したくなったのは、装甲に付属する兵器の多さであった。

ピアシング・クラッシュ弾使用の四〇ミリ機関砲と三〇ミリ・レーザー砲が両腕をふた廻りも太く見せ、胸部には四〇ミリ・ナパーム・ミサイル発射器、両肩からとび出ているのは、火炎放射器に違いない。

顔面装甲のてっぺんで回転する銀色の円盤《ディスク》を目撃したとき、ライガはついに噴き出した。

「ご大層《たいそう》な品揃《しなぞろ》えだが、それじゃあ戦いにゃ勝てやしねえぞ」

「うるせえ」

怒号《どごう》が戦闘開始の合図だった。

どれから来るかと思っていたら、一斉射撃だった。

機関砲の弾丸と真紅《しんく》のレーザー・ビーム。二〇〇〇度の炎とナパームの毒々しい爆煙がライガを包んだ。

「おっしゃあああああ」

声が風の唸りを巻いた。

ライガは両手を広げ、独楽《こま》のように廻った。

見よ、炎が撥ね返されたのはわかる。だが、弾丸もレーザー・ビームもたやすく弾きとばされてしまうとは!? この瞬間、ライガの回転数は一〇〇万回／秒にも達していたのであった。

びしっ、と鳴った。回転する空気が瞬時の停止によって剛体《ごうたい》と化したのだ。

それが崩れ、風となって消えたとき、オオダは声もなく後じさった。

前にはライガが立っていた。

「これはおれしかできん。〝愛のうず潮〟ってんだ。見るのははじめてか」

彼は勝ち誇って言った。

「冥土《めいど》の土産《みやげ》も出来たことだし、さあ、残りの二人と、金平 某《なにがし》が何処にいるか、素直にゲロしちまいな」

突然、その全身がかすみ、ごおと空気が鳴った。

装甲体の周囲で風が渦を巻いた――そして、ライガがあの響きとともにふたたび姿を現わしたとき、人狼オオダの装甲は、ことごとく剝がれ落ちたのである。

「阿呆《あほう》が。コブラごときの舌先三寸《したさきさんずん》に騙《だま》されて、おれに逆《さか》らいやがって――これで裸だ。そろそろ吐きたくなってきたんじゃねえか。次はその毛深いセクシーな皮を丸ごと剝いでやろうか。え？」

「真《ま》っ平《ぴら》だ」

オオダは歯ぎしりをした。

「おれたちはひとりになっても、今の計画を実現させてみせる。〈区外〉からの援助も続々と届いてるんだ。なあ、ライガ、もう時代が違うんだよ。おれたちは、今まで人間どもに呼ばれてきたとおり化物《ばけもの》だ。なら化物が人間どもの世界で、トップを取ったって構やしねえだろ。なあ、おれたちはもう人里《ひとざと》を追われる代物《しろもの》じゃないんだ。金もある力もある。しかも、仲間同士で殺し合いをしない限り不死身だ。考えてみろ、こんな凄《すご》い血の持ち主がいるもんか。今こそ、おれたちは人間どもに堂々と独立宣言をするんだ。ここならできる。おれたちを避けない住民がいる。国を作ろう、ライガ。おれたちの国を」

「おれたちを避けない人間を、おまえは食わずにいられるか？」

ライガが訊いた。別人のように静かな、優しいとさえ言える声であった。

沈黙がオオダを捉《とら》えた。

「人狼は人間を食らわずにはいられない。現代の遺伝子工学でも動かしがたい血の宿命だぞ、オオダ。これを抑《おさ》えられない限り、人間はおれたちを追う。不死身が永劫《えいごう》と同義語だとは思っちゃいまいな。オオダ、おれたちは、いつか歴史から消え去る運命をインプットされた生命なのさ」

「そのあんたの運命ごたくが嫌になって、おれたちは袂《たもと》を分かったんだ。なあ、ライガ、あんたをどうこうしようって気は毛頭《もうとう》ない。あんたも放っておいてくれよ」

「ああ、いいとも。おまえらのやることに異を唱《とな》えるつもりはねえし、邪魔もしやしねえよ。筋は通ってるんでな。おれがおまえたちと闘り合うのは、コブラの野郎が気に入らねえのと、ある男に借りを返さなきゃならねえからさ。な、ずっと人間的だろ。なのにどうして、世界中から追われちまうんだろうなあ」

大きな溜息をついて、ライガは腕を組んだ。

オオダが床を蹴った。

その頭上に腕を組んだままのライガが舞っていた。

せつらは三時ジャストに舞い上がった。

個人用気球は今でもガスバーナーの火力によって、上下飛行を行なう。

一気に五〇〇メートルまで上がった。

気流に乱れはないのに、他の気球や飛行船の姿はない。

バーナーの方向を調整し、向きを〈南榎町〉方面へと向けた。あの上空にいると勘が働いたのだ。

操縦席まで吹き込んで来ないが、風はある。

五分ほどのんびり進むと、前方遥《はる》かに、灰白色《かいはくしょく》の物体が見えてきた。

気球とも飛行船とも違う。

「まさか」

とせつらはつぶやいた。

「もう見つけたか——いや」

第五章　虚空《こくう》より地底へ

1

蒼穹《そうきゅう》は、見上げた人間《ひと》に希望を与えるばかりではない。この世界にそれだけの存在などありはしないのだ。

陽光燦々《さんさん》たる青い夏空、白い白い雲——その何処《どこ》かに、恐るべき何かがいる、世界とはそういうものだ。

殊《こと》に〈新宿〉では。

せつらが近づくにつれて、灰白色《かいはくしょく》の存在に動きと明らかな警戒心が生じたように見えた。

全体は二〇メートルを超す巨大なミミズである。蛇と言えないのは、長々と横たわる両端は胴と同じ太さで頭か尾かも判然とせず、他に一切《いっさい》の色彩《いろ》を帯びていないためである。

——〝雨の主〟か

とせつらは納得した。

〈新宿〉上空には、これまで三〇種前後の生命体が発見されているが、これは中でも最も厄介《やっかい》な存在と言われる。

せつらはバーナーの方向を調整し、そいつを迂回《うかい》することに決めた。気球の操縦は、数年前、空へ逃げた相手を追いかけたときに学んだ。

だが、こちらを向いた末端が、一気に伸びて来た。

一〇メートルほど先で、十文字の亀裂が走り、花弁《かべん》のごとく四つに裂《さ》けた。それぞれの縁《ふち》に鋭い牙《きば》がびっしりと植わり、奥から赤い紐《ひも》のような舌が現われた。

せつらがはじめて大空へ昇る前に、〈区〉の戦闘ヘリを二〇機近く絡《から》め取り、撃墜した舌だ。

せつらは持ち込んだ紙袋から自動飛行のリモコン飛行体《ARF》を取り出した。

背中のスイッチをONにし、空中へ放り出す。

それは左右に翼を広げ、生きもののようにミミズの口もとへ近づいた。

死の舌が伸びたのは、ARFがイオン・ジェットの炎を噴《ふ》き出した瞬間であった。

舌が大きな拳《こぶし》を握る前に、飛行体は大きく頭を下げて、ミミズの腹の底へと降下した。ほどけた舌が覆《おお》う。ある意味当然の――奇妙な事態が生じた。

舌は飛行体を追いかけ、その動きを忠実になぞって、自身を五重巻きにしたのだ。

その間に気球は距離を開き、西北へ一キロを超えた地点で上昇に移った。飛行体は燃料が切れれば、セットしてある〈京王《けいおう》プラザ〉の屋上に着陸するだろう。

これも持ち込んだ三次元レーダーが警報を放ちはじめた。

東北東五〇〇メートル――三〇メートル下方に大型の航空機らしい物体が静止している。

隠密裡《おんみつり》に接近するのは、不可能だ。障害物ひとつない。敵もレーダーくらい備えているだろう。

すぐに、空飛ぶミミズよりおかしなものが視界に入って来た。

――B29?

第二次世界大戦において、日本を火の海に変えた超高高度爆撃機は、銀色のジュラルミンの機体を悠々《ゆうゆう》と大空に浮かべていた。

だが――これは浮かんでいるが正しい。

両翼と方向舵《ほうこうだ》はつけ根から失われ、七つの機銃座のうち五つは防弾ガラスごと吹っとんだままだ。半世紀を軽く経《へ》た機体も、大小の穴を虫食いのように貼りつけていた。

せつらは無言で気球を近づけた。

左翼の横に大穴が開いている。

ぎりぎりまで近づいても、攻撃はなかった。敵は待ち構えているか、全員眠っているかだ。

左翼のすぐ脇に大人が二人並んで入れるくらいの大穴が開いていた。予報と異《こと》なり、風はさしてない。籠《かご》についている鉤《かぎ》を穴の縁に引っかけて固定し、せつらはためらいもせず、穴の中へ身を入れた。

居住区にあたる部分だ。四、五歩のところに鉄の壁が立ちはだかっている。ドアではない。一枚の鉄板を押し当て、縁を熔接《ようせつ》したものだ。

せつらは妖糸《ようし》をふるった。ただの鉄板は難なく内側へ倒れた。

生あたたかい空気が流出して来た。暖房《スチーム》が入っている。

かちかち

歯を打ち合わせるような音が上がった。複数だ。窓も板で塞《ふさ》いだ機内を毒のような光がどんよりと照らし出していた。漏光《ろうこう》だ。

五メートルほど先に、鉄製と思《おぼ》しい台が置かれ、楕円《だえん》型のガラス・ケースが上を飾っていた。

せつらが最初に注目したのは、中身よりも床に散らばった白い骨であった。獣《けもの》――狼の上顎《うわあご》と下顎であった。それが十数個こちらを向いて歯を鳴らしている。

かちかち　かちかち

と。

「留守番か」

せつらはガラス・ケースに意識を集中した。

金平の首であった。両眼を閉じている。

台の中に四肢《しし》も胴体もありはすまい。

だが、死相とは言えなかった。

「聞こえる?」

と訊《き》いた。

数秒の間を置いて、おおと返事があった。金平の声である。その周囲とせつらの足下《あしもと》近くで、あの音が高鳴《たかな》った。

「助けてくれ、おまえは誰だ?」

「人捜し屋です」

おお、とまた上がった。一度会っていたのを思い出したらしい。驚きと希望の声であった。

「おれはもう……首から上しか残って……いない……みんな……あいつらに……食われちまった……早く……〈メフィスト病院〉へ……連れて行って……くれ」

「——なぜ、生かしてある？」

せつらの口調はいつもと変わらない。生首と話すこと自体、この美しい若者には何ほどのこともないのだった。

「奴《やつ》らの目的は？」

「早く連れ出してくれ……そしたら……話す」

「話すのが先」

生首の金平は眼を閉じた。すぐに、

「わかった。それは……」

足下の骨は、このひとことに反応するようセットされていたのかもしれない。

一斉《いっせい》に宙に浮くや、せつら目がけて飛びかかって来た。

嚙《か》み合わせの音は、闇を引き裂く強度を示していた。

それが、ことごとく二つに、否《いな》、上下左右四つに断たれて床に落ちるとは。

「おお！」

生首が感嘆《かんたん》の声を上げた。

「なんと凄《すさ》まじい……何をした？　……〈区外〉の知り合いに……武道家が山ほどいる……是非《ぜひ》、紹介させて……くれ……」

せつらは返事をしなかった。呆《あき》れ返ったのかもしれない。

「奴らの目的は？」

もう一度訊いた。

「それはだな……」

不意に機体がせつらの方へ傾いた。

「わ!?」

と叫んだのは生首だけである。せつらは前と同じ位置に立っている。つまり、空中に。

「見張りが死んだら、落っこちる」

と言う声にも、あわてたふうはない。

それが小さく、あっ？　と放ったのは、生首と台とが床に沈んだときだ。

侵入者に奪い去られるのを防ぐ最後の手段は、機外への放棄《ほうき》だったのである。恐らく、牙たちが全滅した際にそうなるよう仕掛けがあったのだろう。さすがのせつらが妖糸を放つ間もなく、ケースは空中に消え、無人の機体は、本来そうあるべく、真《ま》っ逆《さか》さまに、地上へと落下して行った。


二つの影が、〈河田町《かわだちょう》〉のある廃墟《はいきょ》の前でタクシーを降りた。

料金を受け取るや、タクシーは尻に帆《ほ》をかける勢いで走り去った。

「さすが、〈女子医大〉の跡だ。運ちゃん、真っ青になってたぜ」

白く鋭い歯並《はな》みを剝《む》き出しにして、前に立つ男の肩を叩《たた》いたのは、ライガであった。叩かれたほうは言うまでもなくオオダだ。上衣《うわぎ》の両袖《りょうそで》がヘナヘナと揺《ゆ》れている。中身は失われていた。

ライガはこちらも上衣の胸ポケットを叩いて、

「おめえ、大枚《たいまい》持ってるな。ま、どっかの金持ちを食い殺してかっぱらった金だろうが、おれは大助かりだ。なんせ、真っ当に生きるのが信条でな」

内ポケットに入れたオオダの財布から、彼はタクシー代を支払ったのである。

「さ、行きな。断わっとくが、おかしな真似《まね》をするんじゃねえぞ」

とオオダの背中を押した前方には、広大な施設らしい廃墟と、三重の鉄条網が待っている。今、ライガが洩《も》らした台詞《せりふ》の通り、ここは〈女子医大病院廃墟〉。〈新宿〉で〝廃墟〟の名を冠せられる場所は多いが、そのおぞましさでは群を抜く一角であった。

ここで二〇〇〇人の死者を出した〈魔震《デビル・クエイク》〉以降、死者の怨念は院内にこもり、調査隊や無防備に近づく者たちは、たちまち憑依《ひょうい》されて、外界へ戻れなかった数はこれも二〇〇〇〇人を超すという。

三重の鉄条網には五〇〇〇〇ボルトの高圧電流が流れ、犠牲者の増加を防いでいるのだった。

「いくらあんただって、生きちゃ出られねえぞ」

オオダが弱々しく、しかし、たっぷりと恫喝《どうかつ》を含んだ悪態をついた。顔色が蠟《ろう》みたいなのは、もぎ取られた両腕の出血のせいである。止血はしたが、人狼《ひとおおかみ》の一族にふさわしからぬ体力の衰えは、踏んばるようにして立つ頼りなげな姿形からも見てとれた。

「おまえは出入りしてるんだろうが。ぐだぐだ言わずに案内すりゃいいんだ。この負け犬が」

正確には狼だが、容赦《ようしゃ》なく腰を蹴《け》りとばされたオオダは二、三歩つんのめって、かろうじて鉄条網の寸前で立ち止まった。

その腰へもうひと蹴り、絶叫と痙攣《けいれん》と肉の灼《や》ける臭いが立ち昇るのに、二秒とかからなかった。

不死身とはいえ、苦痛は感じる。高圧電流はどうやら弱点だったらしく、のたうつ襟首《えりくび》を摑《つか》むや、はっと息をひとつ吐いて、ライガの身体はオオダともども、三メートルの鉄条網を越えて、向こう側へ舞い下りていた。

病棟の建物は三つがほぼ原形を留《とど》めている。累々《るいるい》たるコンクリートやガラスの破片を踏んで、二人は最も奥の建物へ入った。

コンクリートの天井も壁もひしゃげ、人間の使用するものとは思えない、狂ったバランスが崩壊を防いでいる奇怪な内部《なか》であった。

廊下を進み、オオダは左方——「第二会議室」とガラス板に書かれたドアの前で止まった。

凄まじい獣の臭気が鼻を衝《つ》いた。並みの人間ならひと息吸っただけで昏倒《こんとう》しそうだ。

「あと何人いる？」

「おれを入れて三人だ」

オオダは言った。張りを取り戻した声である。自分たちの土俵に入ったという自信がもたらしたものだ。

ライガは一度鼻をヒクつかせて、

「いねえな。また食い貯めに出てったか」

「わからんぜ。おれたちが来るのをキャッチしてのち伏せかもしれねえ。帰るんなら今のうち――」

「うるせえ」

また蹴とばされて、オオダはドアにぶつかり、その勢いで開いた戸口から内部へ倒れ込んだ。

何もない。ただ広いだけのコンクリートの空間は、死の国を思わせた。

びん、と引き絞った弦《つる》を放つような音がした。

その音源を確かめる暇《いとま》もなく、ライガの胸を黒い鉄の矢が、背中から突き抜けた。

「ぐおお」

虚空《こくう》を摑んでのけぞるライガの、今度は右の胸を二本目の矢が貫《つらぬ》いた。

今度は堪《たま》らずぶっ倒れる。

「この野郎」

ようやく、矢の飛んで来た方向へ身をねじ向け、にじり寄ろうとして、ライガは動かなくなった。

いま入って来た戸口のかたわらに白い影が立っていた。

メフィストではない。白い上下に白いシャツ、白いスカーフの若者だ。

化粧でも施《ほどこ》したかのようなこれも真っ白い顔の中で、両眼と唇だけが真紅の光芒《こうぼう》を放っていた。

彼は両手の弩《いしゆみ》を下ろして、

「古来、人狼退治に効果があるのは、銀の弾丸と鉄の矢のみだという」

明るい口調であった。

「だが、所詮《しょせん》は伝説だ。ノリがいいのはそこまでとして、起きたまえ」

「あいよ」

びゅっと黒い点が地上から迸《ほとばし》って、若者の喉《のど》に突き刺さった。

苦笑を浮かべて、彼はそれを右手で摑み、抜き取って床へ捨てた。

「仰《おお》せのとおりだ」

と言ったのは、ライガである。うつ伏せの身が、発条《ばね》のごとく跳《は》ね上がるや、こちらもにやりと笑って仁王立《におうだ》ちになった。

いつの間に抜いたのか、右手にもう一本の矢を握っていた。苦悶《くもん》は演技だったのだ。

「久しぶりだな、コブラ」

凄《すご》みをたっぷり効《き》かせた声に、

「全くだ」

白い若者は唇をねじ曲げて笑った。

この廃墟に巣食う悪霊《あくりょう》も、罹患《りかん》しそうな悪い笑みであった。

2

「聞いてくれ、コブラ」

立ちすくんでいたオオダが金切《かなき》り声をふり絞《しぼ》った。

「おれは裏切ったんじゃねえ。こいつに脅《おど》されて」

「それを裏切りという」

弩が唸《うな》った。

顔の上半分を失い、オオダは勢いよく仰向《あおむ》けに倒れた。

「これで帳消しだ。生き返ったら、また仲間さ」

「えらいえらい」

拍手が起こった。

手を叩きながら、ライガは真正面から白い敵を見つめた。

「今さら何を言っても無駄だ。おれはおまえを始末するぜ」

「そのほうが手っ取り早い」

コブラは弩を投げ捨てた。その手と指は獣のものに化けていた。

地を蹴ったのは、どちらが早い？

等しい軌跡を描く二本の弧は、その頂点で交差し、真紅《しんく》の血の花を咲かせるや、それは地上にぶちまけられて、さらに巨《おお》きな花弁を描き出した。

　獣の戦いはどちらがバックを取るかで決まる。

　ライガがコブラを追い、コブラはライガを追って弧を描き、円を作って部屋中を飛び廻《まわ》り、駆け巡って――双方一〇メートルもの間を置いて対峙《たいじ》した。

　放射される殺気を孕《はら》んで、空気はそれ自体燃え上がるように見えた。


「昨夜、〈商工会議所〉の〈所長〉が失踪《しっそう》しました」

〈新宿警察署長〉の黒川は、苦々しく言い放った。

〈区役所〉の〈区長室〉である。

「時間は午前零《れい》時半――〈大京町〉のマンション『メゾン・ド・スワンプ』を出た直後です」

「女のところか」

　梶原〈区長〉は、デスクに両肘《りょうひじ》をついたまま、もっと苦々しい声で応じた。

「よくご存じで」

「これでも〈区長〉でな。〈区〉を構成するトップ連中の動向には目を光らせておる」

「それはまあ――では、その女のことは省《はぶ》きます。とにかく、その時刻、冨沢《とみさわ》氏はタクシーを呼んでマンションを去り、無人の車をパトロール中の〈機動警官《コマンド・ポリス》〉が発見したのは、零時五七分、マンションから一〇〇メートルと離れていない路地の曲がり口でした」

「一〇〇メートル走ったところで襲われたか。不良どものヤンチャではないのかね？」

「タクシーのフロントガラスには、人ひとりが通り抜けられるくらいの穴が開いておりました。運転席、後部座席とも左右のドアが剝《は》ぎ取られ、どちらのシートにも血一滴残っておりませんでした」

「一滴残さず舐《な》め取られた――不良どもの仕業《しわざ》とは思えんな」

「はい。双方のシートの背に、爪《つめ》で引き裂いたような痕《あと》が残存しておりました」

「あれか？　人狼」

「恐らくは。犯行を隠すつもりはなかったのでしょう。食欲を満たすのが目的だったとも考えられますが、偶然とも考えにくいのです。その場合、意図的に我が街の大物が狙《ねら》われた――だけではなく、狙われはじめたかと。それで伺《うかが》いました」

　梶原は腕を組み、宙に眼を据《す》えた。そこにどんな図が描かれているのかは想像もつかなかった。

「――狼は何を考えるか、だな」

「次は〈区長〉かと」

「はっきり言うなあ」

　梶原は思いきり唇を歪《ゆが》め、すがめで黒川を見た。

「ＳＰの精鋭をお付けします」

「彼らは、人狼退治に投入したまえ」

「は？」

「こんな場合、守る人数を増やせば、敵は図に乗るばかりだ。必要なのは守りより攻撃だよ、〈署長〉」

「確かに――ですが、現時点では敵に関する情報が皆無《かいむ》です。最も信頼できる太った女情報屋は、目《もっ》下《か》、ハワイでリゾート中と言われておりますが、食い過ぎた挙句《あげく》の食中毒で寝込んでいるという噂《うわさ》も流れております。護衛は欠かせません」

「わかった。では、〈メフィスト病院〉へ連絡して、わし専用の病室と手術室をひとつ空けておくよう申し入れてくれ。そうすれば、生命《いのち》さえあれば、次の日には、寸分変わらぬ姿でここでふんぞり返っていられる」

「それが」

　梶原の眼が限界まで広がった。〈署長〉が渋面《じゆうめん》で続けた。

「昨日から診察に出ていないそうで。今朝、〈歌舞伎町〉でやくざと射《う》ちあって負傷した署員が担《かつ》ぎ込まれた時、患者たちから耳にしたそうです。病院側は急な出張と告げておるようですが、ああいうところの患者たちの勘《かん》は、恐るべきものがあります。何か不都合があった。目下の定説です」

梶原から急に力が失われ、彼は死魚のような眼で豪華な椅子《いす》の背にもたれかかった。

「ドクター・メフィストに何かあった？」

虚《うつ》ろな声である。

「それでは……〈新宿〉の守りが……いかん、いかんぞ、〈署長〉……」

黒川は、つぶれた声で、はい、と返した。

「すると希望はひとつだ、〈署長〉、〈新宿〉一の人捜《さが》し屋に連絡を取って、人狼どもの駆除を――いや、それは君たちがやれ。居場所を捜し出すよう依頼してくれたまえ」

「承知いたしました――ですが」

梶原は死相になった。

「まさか、あの男までが……」

「ご存じだと思いますが、午後四時少し前、〈大日《だいにっ》本《ぽん》印刷〉近くの〈亀裂〉に、アメリカの旧型爆撃機B29の残骸《ざんがい》が墜落いたしました」

「知っている。翼もない状態だったそうだな」

「その際、機内に人がいたことが、複数の目撃者の証言から明らかになっております。機体には気球がついていたらしく、恐らく、それに乗ってB29に近づき、墜落の際、戻り損《そこ》ねたのではないかと思われます」

「…………」

「目撃者全員が、その、天使を見たと陶酔状態に陥《おちい》っておりました。気球の形や色から『新宿フライト・ツアー』の所有物と判明いたしました。午後三時ジャストに、会社が入ったビルの屋上から離陸したそうです」

「なぜ――彼が、そんなものに？」

「ここは〈新宿〉です」

どうしようもない正解に、梶原は、ああと呻《うめ》いたきりであった。

せつらは見覚えのある場所にいた。

――〈亀裂〉内遺跡・一〇四号

と記憶がささやいた。〈亀裂〉内で発見された、太古の人類の遺跡のひとつである。

　太古も当たっているし、人類も該当はするのだが、正確にそうか、と訊かれると、いかなる学者も首を捻《ひね》り、言葉を渇《かつ》さざるを得ない。

　発見された人骨と遺跡の年代がどうしても既存のスケールに合わないのだ。

　ある遺跡から見つかった頭骨は、ネアンデルタール系よりも古い、より猿人に近い存在だと結論づけられたものの、発見された遺跡は古代エジプト級《クラス》の知的レベルでの建造と使用ぶりを示しており、しかし、あちこちに人類のものとは思えぬ仕様が施されて、歴史の泰斗《たいと》たちを絶望に陥《おとしい》れるのであった。

「ははーん」

　せつらは何に納得したのか。

　遺跡のあちこちに貼られた「立ち入り禁止《キープアウト》テープ」である。最近、警官が「遺跡」に入った事件といえば、あれしかない。

　人狼どもの巣窟《そうくつ》調査だ。

「まさか、ここ とはね」

　墜落したB29から気球へと乗り移れなかったのは、せつらには珍しく、移動する際に、乗っていた糸から床へ下りた瞬間、滑ってしまったからだ。すぐに起き上がったら、残っていた顎骨《がっこつ》がとびかかって来た。

　それを片づけているうちに、機体は錐揉《きりも》み状態になって、もはや気球には戻れず、途中で近くの建物に妖糸を巻いて脱出するしかない、と思ったら、B29は〈亀裂〉を選んで、やむを得ず糸をとばしたのが、ここだったというわけだ。

　せつらは注意深く足下や周囲の石像らしき品々を眺《なが》めながら、エレベーターの方へと向かった。照明は二四時間だから、用心しているのではない。何か金目のものが落ちていないかと調べているのである。

人類のものとも、それ以前のものとも、或《あ》るいは別系統の進化を遂《と》げた生物のものともつかぬ遺跡は、〈新宿〉にとって、金の卵を産む鶏《にわとり》に等しかった。〈区外〉の学術団体や大学からの調査料は勿論《もちろん》、かのツタンカーメン王の埋葬品のごとく、諸外国への貸出料が莫大《ばくだい》な収入となる。そのため、古代墳墓から埋葬品を盗み出す墓荒らしどものごとく、盗掘者集団が暗躍し、少なからぬ品が持ち出されもしたが、多くは〈新宿〉を出る前に呪術《じゅじゅつ》者の力を借りた警察の手にかかって一網打尽《いちもうだじん》の運命を辿《たど》った。

それでも、何年かに一度の割合で、観光客が、どこぞやに隠されていた指輪やら、耳飾りやらを拾い上げる例もあって、せつらはそれに倣《なら》っているのだった。

キープアウト・テープの巡らせてある場所は特に眼を光らせたが、成果はなかった。

気球を弁償しなくてはならない。

さして広くはない遺跡を隈《くま》なく調べて、

「別のところへ行こうか」

と新たな場所を模索しはじめたとき、エレベーター・ホールのあたりから、降下と停止の音がやって来た。

すでに深みへ下りて行ったB29の捜索隊の第二陣かと思ったが、エレベーターから出た気配は――ゼロだ。

隠形《おんぎょう》の術、とせつらは判断した。

エレベーター・ホールに糸は張っていないが、せつらに気配も感じさせないのは、人間業《にんげんわざ》といえなかった。

石柱や岩壁の幾《いく》つかに影が映《えい》じ、やがて、せつらの前に現われたのは、純白のスーツに白いシャツ、とどめは白いスカーフという若者であった。

顔も白い。

ただし、両眼と唇だけは紅玉《ルビー》のように赤い。

せつらを見るや足を止め、

「機体にいたという噂を聞いて駆けつけた。いやあ、風聞《ふうぶん》の一〇〇万倍も美しい。これが秋せつら」

「どなた？」

とせつら。

「名はコブラ。本名か通称かは自分でもわからない」

「ライガの天敵」

「ほお、彼をご存じか？」

「ゲロマブ」

白い顔にとまどいの相が浮かぶのを見て、せつらは少し気分を良くした。

「我々のことはご存じかな？」

「聞いた」

「ならば説明は不要だな。我々はこの街で成し遂げたいことがある。それには三人の邪魔がいる」

「〈区長〉と〈警察署長〉と〈戸山住宅〉の親分」

「ご謙遜《けんそん》だな」

白い顔がにんまりと歪んだ。悪相だ。

「ひとりは片づいた。二人目はじきに片づける。いちばん厄介な三人目は、私が今ここで」

二人の間を地下の風が吹き抜けた。

3

「——だが」

とコブラは言った。

「あなたも白いドクターも、ただ生命を奪うにはあまりに惜しい存在だ。それはこれまでの戦いぶりで明らかである」

次に言葉を紡《つむ》ぐ前に、

「仲間に入れと？」

せつらは斬り込んだ。

「そういうことだ」

平然と応じた。

「あなたを放置すれば、私以外の仲間は皆殺しになるだろう。従って、味方につければ無敵と同じことになる。いかが？」

「メフィストはどうした？」

「あれは我々のせいではない。ライガのしたことだ」

「それがわからない」

目の前の白面《はくめん》がしたことなら、まだわかる。だが、ライガはなぜ？

「私にも謎だ。彼は我々と人間とが共生可能だという甘い考えの持ち主だ。ドクターやあなたと共闘の誓いを結ぶならわかる。だが――」

「メフィストは死んだ？」

「確かめてはいないが、ライガと闘《たたか》い、ライガが生きている以上は――」

「わかってないな」

「――何がだね？」

「〈魔界医師〉の名は伊達《だて》じゃない」

せつらは静かに言った。

「仲間入りは遠慮しよう」

「どうして？　話はまだ何も」

「用心深さに欠ける。先入観に影響されやすい。自信過剰」

「これはこれは」

コブラは破顔《はがん》した。含むところの全くない純朴《じゅんぼく》といっていい笑顔だった。ライガもこんな笑い方をした。

「核心を衝くというのは、場合によってひどく他人《ひと》を傷つける。自身に無知ではない相手は特に。今のは、誰にも指摘されたことのない、私の欠陥だ」

「どーも」

このとき、せつらはある音を背後に聞いた。鳥の羽搏《はばた》きのような。

「敵に廻せば最悪の邪魔者、というより大きな排除理由が出来た。今の欠陥を他人に吹聴《ふいちょう》されては困る」

「やはり、仲間はアウト」

せつらは茫洋《ぼうよう》と結論した。

「ここを出たら、〈新宿〉中にしゃべってやる」

白面の若者は噴き出してしまった。

「私にはそちらのほうが重大だ。おしゃべり君にはには永久に口を閉ざしてもらうしかないな。いやあ、残念だ」

次に何を起こすつもりだったにせよ、それは頓挫《とんざ》を余儀《よぎ》なくされた。

せつらの頰《ほお》をかすめるように飛来した二つの影が、コブラの喉の左右に貼りついたのである。

翼を閉じた蝙蝠《こうもり》の姿で。

明らかに獣の咆哮《ほうこう》がコブラの口から洩れるや、彼は二匹の不気味な哺乳類《ほにゅうるい》を毟《むし》り取って、地上に投げつけた。二匹は寸前で舞い上がり、せつらの隣に来るや、黒いスーツ姿の女に化けた。

青白い顔に、こちらも眼と唇ばかりが赤光《しゃっこう》を放つような美女である。

「秋先生――夜香さまより護衛を仰せつかりました。羅嬢《らじょう》と申します」

右横の女が名乗り、

「同じく美嬢《びじょう》でございます」

と左方が名乗った。

声を合わせて、

「お任《まか》せを」

言うなり、羅嬢が両手を胸前で組んだ。

手の中に絢爛《けんらん》たる扇が広がった。描かれているのは、全裸の男女が飲み合い歌い合い、そして、四肢を絡めて求め合う極彩《ごくさい》の春宮図《しゅんきゅうず》であった。その描線の何たる霊妙《れいみょう》さよ。扇ひとつで、億の値は下るまい。だが、無論、それは単なる美術品ではなかった。

羅嬢の両手が交差を解いた。

風を切る音もなく、七彩《しちさい》の光が美女とコブラをつないだ。

コブラは身を屈《かが》めて光をやり過ごした。

その眼前へ二枚目の扇が迫る。

反射的に右手で打ち落とし――手首から先が断たれてとんだ。

立ちすくむ白い顔を首から斬りとばしたのは、背後から飛燕《ひえん》のごとく飛び戻ったもう一枚の扇であった。

羅嬢の両手に返ったそれには、しかし、一滴の血もついていなかった。

石床に落ちた白い首を見つめて、

「やるなあ」

とせつらはつぶやいた。

「お言葉感謝」

応じた顔は、とばした首から眼を離していない。

倒れた身体《からだ》の斬り口から、赤いすじが一本、首へと走るや、そちらの傷口に吸い込まれた。

「手首からも」

美嬢がつぶやいた。羅嬢よりやや低いが、金鈴《きんれい》のような声である。

糸が引いたのか、切断部分が寄ったのかはわからない。

仁王立ちになったコブラは、やや左へずれた頭部に手を当てて、正面に戻してから、

「おまえたちとは違うが、おれも不死身よ」

と言った。

「吸血鬼にしては、気立ての良さそうな女だ。滅ぼすには惜しい。どうだ、そこのハンサムともども仲間に入らないか？　分け前は惜しまんぞ」

「我らは夜香さまとともに」

羅嬢が祈るように言った。

「美嬢参る」

両手が頭部へ流れ――ふられた。

二条の光がコブラの両眼に吸い込まれた。打ち落とす暇もない速さであった。

紫水晶《むらさきずいしよう》の飾りをつけた黄金の簪《かんざし》の先は、コブラの後頭部から抜けた。

立ったまま痙攣する身体へ音もなく疾走《しつそう》し、美嬢は手の小太刀《こだち》でコブラの首をはねた。

「お行きなさいませ」

羅嬢がせつらを促《うなが》した。

「あれでも彼奴《きゃつ》は死にますまい。それは承知の上で参りました。あなたをお守りするのが私どもの役目。果たさせてくださいませ」

「いや」

せつらにもコブラに訊きたいことがある。

「お早く――ひょっとしたら、あなたには、私たちの仇《かたき》を取ってもらわなければなりませぬ」

「早く」

美嬢も肩を押すその前で、赤い糸が走った。

「あなたさまがここにいては、私どもも逃げられませぬ――早く」

せつらはエレベーター・ホールへの道を走り出した。


梶原〈区長〉が、〈メフィスト病院〉を出たのは、午後六時過ぎ――空は青から闇色へと移り変わるところだった。

眼を固く閉じ、プロレスの技みたいにがっちりと腕を組んだ〈区長〉へ、運転手が、

「〈河田町〉ですか?」

明るく訊いた。

沈黙が生じた。

――危険だな
と運転手は腹を据えた。

行くつもりなら、訊く前に指示がとぶ。逆なら、即、莫迦《ばか》者と来る。それが沈黙だ。胸中《きょうちゅう》に詰まった泥が抜けないのだ。

「寄ってくれ」

こう出たときは、ほっとした。

〈河田町〉――〈旧フジテレビ〉の社屋に近い一角に、小さいが洒落《しゃれ》たマンションが建つ。梶原のリムジンはそこの駐車場へ吸い込まれた。

少し遅れてもう一台。こちらは護衛車だ。運転手を除く四人が梶原を囲んでエレベーターへと向かう。ひとりが先に乗り、目的地へと上がった。二階である。

すぐに護衛のリーダーの携帯へ、異常なしの連絡が入った。

下りて来た函《はこ》で二階へ上がった。

奥の六号室である。

ドア上の監視カメラへ、

「おれだ」

凄みを効かせた声で告げると、すぐにドアが開いた。用心深さのかけらもない。護衛たちが顔をしかめた。


「いらっしゃい」

明るいというより、幼稚な声に、咳払《せきばら》いをひとつしてから、梶原は中へ入り、勢いよくドアを閉じて護衛たちに別れを告げた。

「待ってたよお、かーくん」

抱きついて来たのは、セーラー服姿の女であった。どこにこんなのに合うセーラー服があるのかと思われるほど太っている。


身長も一七五センチの梶原より一〇センチは高く、全体は倍近い。抱かれたら肉の中に埋もれてしまいそうだ。

それこそが梶原が望んだものであった。

「今夜はゆっくりしていけるのお～」

口調は中学生だが、声は年増《としま》のものだ。

「そうもいかないんだよお、順子《じゅんこ》ちゃーん。ボクちゃん、ご用があるんだ～」

〈区役所〉の職員たちが、気死《きし》しかねぬ〈区長〉の声であった。

「やーん、順子寂《さび》しい。帰っちゃヤー」

巨大な胸をゆさゆさせながら、イヤイヤをすると、

「ごめ～ん」

梶原はその胸の中に顔を埋《うず》めた。

「ヤーン、えっちい。お風呂入ろう～?」

「うん、一緒に入ろう」

「わーい」

順子は両手をふりふり、居間を踊り廻りはじめた。三〇畳もある居間が鶏小屋のように感じられた。

「もう入れてあるのよ～」

バスタブには湯が縁まで張られている。

「先に入るね～」

「うん、早く入って見せて～」

順子が入った。

湯が溢《あふ》れ、湯桶《ゆおけ》も椅子《いす》も浮かび上がった。

ドアは特別の密閉式だから、湯は洩れない。梶原は三〇センチも溜《た》まった湯の中で、わーい、バチャバチャとお湯を叩きはじめた。順子はどんどん湯を入れる。たちまち、バスタブと同じ高さになり、梶原は女の胸と腕の中で幸せに包まれた。

「これ使って」

「うん」

咥《くわ》えたのは、オシャブリであった。

「バブバブ」

「わー、かーくん可愛《かわい》い」

全裸の順子に抱かれて、バブバブ、オッパイと浴室を出ると、梶原は凍りついた。

革《かわ》ジャンにジーンズの男がベッドの横の壁にもたれて、こちらを見つめていた。

「いい趣味だな、〈区長〉さん」

大あわてで床へ下り、パンツをはいて、

「な、何者だ？　おまえは⁉」

「この街の言葉で言うと、化物《ばけもの》かな」

にやりと笑った唇の下から、黄色い歯並みがせり出した。

どれも槍《やり》のように尖《とが》っている。

爛々《らんらん》とかがやく赤眼《せきがん》を見つめ、

「貴様《きさま》は……人狼か？」

「大当たり」

「外の……護衛はどうした？」

「美味《うま》かったぜ」

舌舐めずりをした。異様に長い舌であった。

赤い瞳は立ちすくんだ順子を映していた。

「その女は後にするか。ゆっくりと食ったほうが楽しめそうだ」

「ひええ」

順子は仰向けに倒れて、部屋を揺るがせた。

それが消えると同時に、男は壁から身を離して、牙を鳴らした。

梶原も失神した。


数分後、男は駐車場へ下りて、胃の辺に手を当てた。

「どっちも美味かった。女は脂肪が多いが、固太りだったので食い甲斐《がい》があった」

満足そうにつぶやいたその身体が、突如《とつじょ》、床につっ伏した。

ふーっ、と息を吐いた身体の形が、みるみる四足の獣のそれと化していく。


「誰だ？」

「人狼の一族だな。〈新宿〉のために死んでもらおう」

彼は声の主の位置を嗅《か》ぎつけようと鼻をひくつかせたが、望む匂いは何処にもなかった。気配もしない。相手はよくよくの奴だった。

第六章　私の出動

1

だが、所詮は限りある生命《いのち》の生きものだ。不死身のもたらす不動の自身が彼にはあった。少し食い過ぎだが、また足指一本残さず平らげてくれる。〈区長〉は片づいた。後は遊びだ。

彼は、がっと牙《きば》を剝《む》いて、敵に備えた。

「いいぜ、来な」

周囲の車のドアが次々に開いた。

灼熱《しゃくねつ》の剣が彼の首を薙《な》いだ。

床に落ちた首は、紫煙《しえん》を上げながら、笑《え》み崩れた。

「レーザー・ビームか？　気の毒だが、ルーマニアやブルガリアで、さんざん灼《や》かれてきた。だが、無駄だ。おれたちは――」

頭から被《かぶ》せられた鉄の網がその声を断ち切った。

胴体の斬り口から赤いすじが迸《ほとばし》り、網の表面で撥《は》ね返った。

「生命の網か」

車から現われた精悍《せいかん》な男たちのひとりが、嫌悪を込めて吐き捨てた。

「だが、すぐに届かぬところへ送ってやる。首と胴別々にな」

背後の部下たちに、

「始末しろ」

と命じて、男は車の方へ歩き出した。

名前は山路英三郎《やまじえいざぶろう》。〈新宿警察〉特命捜査課SPのリーダーであった。

リムジンの後部ドアを開けると、

「片づきました――一匹」

と声をかけた。

「そうかね」

のっそりと現われたのは、梶原であった。

「さすが、黒川〈署長〉ご推薦の精鋭部隊だ。こうもたやすく人食いのメンバーを処分するとは」

「奴《やつ》らは、自分の不死身ぶりに溺《おぼ》れた油断の塊《かたまり》です。始末の仕方さえわかれば、さして難しい敵ではありません」

彼は梶原の全身をしげしげと眺めて、

「しかし、先刻のダミーと寸分の違いもありませんな。こちらがダミーと言われても信じてしまいそうですが」

「ドクター・メフィスト――〈魔界医師〉の生み出したものに、失敗作はないということだな。しかし、こんなに早く襲われるとわかっていれば、護衛や順子の分も作っておいてやればよかった」

彼は〈メフィスト病院〉へ赴《おもむ》き、院長が絶対安静どころか死に瀕《ひん》していることを知り、しかし、その絶望のさなか、自らの替え玉たるダミー――ドクター・メフィストの生み出した変幻自在の人工生命体を購入したのであった。その名の通り、この生命体は、モデルになった人間のすべて――姿形から能力、癖《くせ》、記憶まで――を受け継ぐ。本体との区別は、悪魔ですら不可能とされるのだ。

〈メフィスト病院〉へ向かう前から、護衛たちとは別に警護の任に当たっていた特捜課員たちが、梶原を尾行中と思《おぼ》しき人物を雑踏《ざっとう》に捉《とら》えた。

囮《おとり》作戦が決定され、ダミーを乗せた車が病院を出るや、その人物は忽然《こつぜん》と消失し、しかし、なおも物陰を疾走しつつ正確に追尾《ついび》していることが〈区〉の静止衛星を利用するGPSで明らかになった。人《ひと》狼《おおかみ》に間違いない。かくて――

「やむを得ません。我々も護衛たちだけで充分と思っておりました。職務怠慢《たいまん》です」

口先だけの自責《じせき》なのは、血も涙もない口調でわかった。

「一度しくじった以上、敵は別の手を考えてくるでしょう。これからは、一秒ごとに用心なさってください」

梶原は額《ひたい》の汗を拭《ふ》いて了承の合図に代えた。

せつらが家へ戻るのを見すましていたかのように、来訪者があった。

夜香である。

〈秋人捜し《DSM》センター〉の六畳間へ通されると、器用に正座した。

「へえ」

と口を衝《つ》くせつらへ、

「これでも、郷《ごう》に入りてはを心掛けております」

ある意味、せつらより妖《あや》しい微笑を見せた。そして、

「ご存じでしょうか、〈商工会議所〉の〈所長〉が失踪《しっそう》いたしました。食われたに違いありません」

と切り出した。

「あいつらに？」

「はい」

夜香がうなずくと、そこに闇の領土が出来たように見える。

「〈区長〉が危ない」

「すでに襲われました」

「へえ」

せつらはこう言って黙った。梶原がどうなったかに興味はないらしい。

「幸い、〈署長〉がつけたガードが優秀で救われたそうです」

「無事？」

「はい」

本当は、そうじゃないほうがよかったのでしょうというような笑いが、血の気のない貌《かお》をかすめた。

「そうだ」

せつらは、ようやく真剣《まじ》に、吸血鬼一族の王たる若者を見つめた。

夜香は眼を閉じた。

「やめてください。夜空も飛べなくなりそうです」

せつらの美貌《びぼう》は、人外《じんがい》のものたちの精神《こころ》もわななかせるのだった。否《いな》、魂《たましい》までも。当人は、そんなことどうでも、というふうに、

「あの二人はどうした？　後で戻ったら、あいつともども影も形もなかったけど」

〈亀裂〉内部の古代遺跡で、コブラに襲われたせつらを、夜香の配下が二名、救《たす》けに入ったのだ。どちらも美しい娘であった。彼女たちの言葉を容《い》れてせつらはその場を退去したが、実はこっそり隣の遺跡に身を潜《ひそ》めていたのであった。

三人の戦いの様子は、三条の糸が伝えてくれるはずであった。

ところが、一〇秒ジャストで連絡は断たれた。急ぎ戻ると、三人の姿はどこにもなかった。血の痕ひとつ残っていない。

「あれれ」

とひとこと残して、せつらは地上へと戻って来たのである。糸はすべて断たれていた。それで結末は察しがつく。

「それ以来、連絡は絶えています」

「ふーん」

「少しは胸が痛むでしょうか？」

せつらはうなずいた。珍しいことだ。他人の生き死にに、死者のように美しいこの若者が興味を示すなど、奇蹟《きせき》に近い。

「二人もさぞや満足でしょう。私からも感謝いたします。死んでいたらですが」

「そう願いたいけれど」

「もうお忘れください。目下《もっか》は別の者が彼女たちの役目を引き継いでおります」

せつらは、ぼんやりと上下左右を見廻《みまわ》した。何処かにいるとなると、味方でも鬱陶《うっとう》しいらしい。

「もうやめたまえ」

と言った。

「これ以上、君の仲間が滅《ほろ》びてしまったら、僕とは無関係でも、無関係ではなくなってしまう」

「他人が気になるのですか？」

夜香が訊《き》いた。驚きの表情を顔に据《す》えている。

「これは驚きました。それとも——先の二人がお気に入りでしたか？」

「さて」

と流して、

「とにかく断わる。僕が気づいたら、捕まえて閉じ込めておくぞ」

「ご随意《ずいい》に。ですが、そろそろ覚悟を決められたらいかがですか？」

「？」

夜香はまた眼を閉じて言った。

「やめてください。戦いなさいとそそのかす自分が、手をつけられない無能者の気分になります」

「コブラと戦えと？」

「はい」

「人捜《さが》し屋」

自分のことだろう。

「ならば、依頼させてください。コブラ捜しを願います」

「了解」

「もうひとり」

「？」

「ライガという男も」

「それは」

「何か？」

「いや」

「ありがとうございます」

夜香は冷え冷えとうなずいた。今の会話から何を捜すのか、それをどう加工して何を企《たくら》んだのか、少しもわからない。それは当然だ。夜の生物なのだから。

「たまには食事でもいかがでしょう？〈曙橋《あけぼのばし》〉にいい中華料理店《チャイニーズ・レストラン》がございます」

「いつか」

「結構です」

夜香は立ち上がり、ゆっくりと四方を眺めた。

「木の家ですね？」

羨《うらや》んでいる響きがあった。

「今の住まいは石に近いので選びました。ヨーロッパの遺跡は、そうやって滅びから守られて参りました。ですが、私はカエサルの記《しる》したガリアの民も、フランク人の王国も存じています。その木の香り匂い立つ家々は、我々の石の家より遥《はる》かにあたたかく、光に愛《め》でられているとも聞きました。ミスター秋。我々は重く暗い石と闇の世界の存在なのでしょうか」

さて、と返事をする前に、夜香は青いケープの内側に両腕を交差させて入れた。

そこから戻って手に握られたものを見て、せつらの眼がある光を帯びた。

卓袱台《ちゃぶだい》の上に置かれたのは、羅嬢と美嬢の生首であった。切断面は食いちぎられたと思しい惨状を呈していた。

「二時間ばかり前に、住まいの玄関に打ち捨てられておりました。きちんと置かれていたものではありません」

「けど……」

夜香はせつらのとまどいの意味を悟《さと》っていた。

「本来なら、首を食いちぎられてなお、我らの一族は生きてはおられません。これは彼らの中でも、卓越した王者にのみ可能な咬殺術《こうさつ》なのです。彼女たちは滅びることもできず、苦しみ抜いています。今は我々の医法によって眠ってはおりますが、それが解ければ苦しみと痛みに泣き叫ぶことでしょう。このような目に遭《あ》わせた当人を斃《たお》さぬ限り、安らかに眠れることはありません。何としてもコブラめの居所を突き止め、息の根を止めぬ限り、彼女たちに安らぎはなく、新たな犠牲者が増えるばかりです。一刻も早く――」

雄弁とさえ言える言辞《げんじ》を、何かが止めた。

せつらであった。彼は俯《うつむ》いていた。二人の娘の惨苦《さんく》に耐えかねたかのように、これから〈新宿〉を襲うであろう災厄《さいやく》に怯《おび》えたかのように。

否。

そんな男は何処《どこ》にもいない。

今も。その前も。

せつらは顔を上げた。

同じ顔だ。だが、違うのだった。

「承知した」

同じ声だ。だが、同じせつらが放ったものではない。

「コブラはすぐ、私に会うだろう」

夜香は賛意を示すこともできなかった。

「おまえの望みは、そのとき叶《かな》えられる。コブラとライガが最後に見るのは私の顔だ」

行くがいいと彼は言った。

私——せつらが持つもうひとつの顔だ。その非情さは、当のせつらさえ怖気《おぞけ》をふるうと、知る者は伝える。

夜香は後じさりつつ、三和土《たたき》へ下りた。

ドアを開いて言った。

「コブラとライガに呪《のろ》いあれ——はじめて彼らが憐《あわ》れになりました」

夜香のリムジンが去ってすぐ、またチャイムが鳴った。

「ぐるるる」

およそ凄《すご》みとは縁遠い怒りの表現だが、獣の声を選んだのは、この事件の影響か。

「どなた？」

「おれだ」

せつらはドアを少しのあいだ見つめてから開いた。

倒れるように入って来たライガは、かろうじて姿勢を取り戻した。

「すまんが匿《かくま》ってくれ。追われている」

右の脇腹を押さえている。

「だらしのない」

「相手が悪かった。もっとも向こうもそう思っているだろうがな」

「蛇男？」

ライガは、呆気《あっけ》にとられたようにせつらを見つめ、無邪気な笑顔になって、

「そうだ、コブラだ。手の裡《うち》は知ってたはずだが、向こうも進歩してやがった。おれもだが」

「基本的に、自慢話」

せつらは手を貸そうともせず、先に座敷——〈秋人捜し《DSM》センター〉のオフィス——へ上がった。

「血で汚さないように」

「わかってる。普段は跡形も残らねえ傷なんだが、つけた奴が悪い。なに、横になってりゃ一時間もあれば治る」

「適当に」

せつらは座敷の隅《すみ》を指さした。

横になってすぐ、

「いい匂いがするな」

とライガがつぶやいた。

せつらが、じろりと見下ろすと、

「おめえの匂いじゃねえ。醤油《ソイ・ソース》だな」

「せんべいだけど」

「いいねえ」

店から堅焼きとざらめを五枚ずつ、鉢に入れて戻ると、

「どーも」

鉢ごと受け取って、上体を起こし、バリバリと噛《か》み砕くや、一〇秒で平らげてしまった。

ごほごほ言いながら胸を叩《たた》く仕草がわざとらしい。

「お茶要《い》る？」

「おお、いいねえ」

用意してあるポットからお湯を注いだ急須《きゅうす》と湯呑《の》みを渡した。

急須から飲み干して、はあと息をついた。

ポットはすぐに空《から》になった。

「イカモノ食い？」

さすがに疑い深そうに訊いた。人肉と生血が主食

なら、せんべいやお茶はこうなるだろう。

「おれたちだって、普通の食事は摂《と》るさ。これっぽっちも栄養にはならねえが、この世で生きてくためには仕様《しよう》がねえ。付き合いだよ、付き合い」

「それはそれは」

せつらは淡々と返してから、

「元気そうだね」

と言った。とっとと出て行けというわけだ。ライガにもピンときたらしい。

「そう、冷てえこと言うなよ」

と、やや訴えかけるような口調になった。

「窮鳥懐《きゅうちょうふところ》に入《い》れば猟師もこれを射《う》たずって、この国のことわざの最高傑作だろうが。うーん」

うーんうーんと呻《うめ》きはじめたが、子供にも阿呆《あほ》らしいとわかるわざとらしさだった。

「じゃあ、あと一〇分間」

「おめえ、ケチだなあ。ひと晩。傷ついた勇者を匿ったって、罰《ばち》は当たらねえぞ」

「追手が来る。迷惑だ」

「大丈夫、上手《うま》くまいたはずだ。そうそう、コブラって知ってるよな。あいつの秘密を教えてやるよ」

「本当《ほんと》？」

「おお、本当《ほんとう》だ」

「じゃ、ひと晩」

「すまねえな。恩に着るぜ。もう一枚せんべいくれや。甘いのがいいな」

ざらめだろう。

「その前に」

ぼんやり促《うなが》すと、ライガの眼が赤光《しゃっこう》を帯びた。

「あいつと闘《や》り合ったのは、〈女子医大病院〉の会議室だった」

むしろ穏《おだ》やかで冷静な口調には、石のような憎悪が嵌《は》め込まれていた。

2

「コブラとの距離は約八メートル。コンマ一秒で越せる。跳《と》び上がったのは同時だった。空中でぶつかったのは約一〇メートルの高さ。速度も上昇角度もほぼ同じだ」

せつらは黙って聞いている。天使が講義を受けているようだ。前の席の学生がふり返れば、失神どころか失禁も間違いない。

「おれもあいつも、互いの手の内を探《さぐ》る気満々だが、勝負も早急に決めてえ。早めに奥の手を出して読まれたら一巻の終わりだ。もっとも、読んだときは向こうが一巻の終わりだがな。だから、初回は出し惜しみした。おれは、あいつの顔面に下からアッパーを放った。勿論《もちろん》、拳《こぶし》じゃねえ。爪《つめ》さ。コブラはそれを左手の肘《ひじ》でブロックし、右のフックをおれの頬《ほお》に打ち込んで来た。あっちも爪だ。殴《なぐ》るんじゃなく、引き裂《さ》く形をとる。猫手に近いと思ってくれ」

「ふんふん」

「少し寒いな、ストーブを点《つ》けてくれ。前に来たのは、〈戸山住宅〉の大将か？」

「どうしてわかる？」

「そこに、下げた湯呑みがある。客がいたってことだ。ところが、ストーブが点いてねえ。人間以外だと、一発でわかるぜ。後は――匂いでな。こいつは吸血鬼だ。ひんやりとして上品なのに――血の匂いがする」

「へえ」

せつらは素直に驚きの表現を示した。

よくわかるものだ。獣の血は伊達《だて》に流れているわけじゃないらしい。

「自分のを知りたくないか？」

ライガが、にやりと笑った。

「うん」

せつらは身を乗り出した。この辺は正直だ。〈魔界都市〉の代表選手の匂いとは、どんなものだろう。

「おれがこの街で、おやと思った匂いが二つある」

ライガが二本、指を立てて、

「ひとつはドクター・メフィスト、もうひとつがおめえだ」

と指を折った。

「ドクター・メフィスト——ありゃあ何者だい？」

「不明」

長いつきあいだが、これだ。

「おれも色んな匂いを嗅《か》いできたが、匂いのしねえ人間てなはじめてだ。ひょっとすると、人間じゃねえな」

「そうそう」

「匂いてのは、経験や精神的成長とは何の関係もねえ。純粋にDNAが造り出すもんだ。おめえの顔みてえにな。だから、ごまかしようがねえ。指紋と同じさ。生まれたが最後、絶対に変えられねえ。ところが、あの医者だけは、いくらクンクンしても鼻に反応がねえんだ。そんな生き物がこの星にいるかよ？　いるもんか」

せつらは、ちらと天井へ眼をやったきりである。

それで思い出したのか、

「メフィスト、今どうしているか知ってる？」

と訊いた。

「本物の重態らしいぜ。ま、相手が悪かったな」

「多分、犯人逮捕には賞金が出る。あいつは〈新宿〉そのものだ。〈区民〉が黙っちゃいない」

「ふむ。おい、何だ、その眼は？」

せつらは、毛深い精悍な顔から眼を離して、

「同じ技を蛇男にも？」

「おお、そうだ。そうだった」

ライガは両手を打ち合わせ、死闘の記憶を再開した。

「奴がおれのアッパーを躱《かわ》すのと同時に、おれは空

中で身を丸めて、奴のフックをやり過ごした。当然、次は蹴《け》りになる。コブラは遅れた。何もできずにいるうちにおれの爪先《つまさき》を鳩尾《みぞおち》に食らった。はっは、見事に撃墜よ。おれが着地したときは大の字にのびてたぜ。勿論、それ見て油断するほど初心《うぶ》じゃねえ。本物のダウンにせよ嘘《うそ》八百にせよ、まずは手足を咬《か》みちぎって動きを封じてから、頭からかじるなり、内臓を賞味するなり、ヤンチャをかけるもんだ。

呼吸と気配と匂いを測《はか》ってみると、本当に失神中なのがわかった。おれの調査能力と判断力には定評がある。まず、コブラの右膝《ひざ》に近づいて、一気に噛み砕いた。野郎はびくりともしねえ。痛まねえように食い切ったんだから当然だ。次は左の同じところをやった。あとは両腕を片づけるだけだった。もう遠慮することあねえ。頭からバリバリやっちまったよ。何か簡単すぎるって気がしねえでもなかったがな」

ここで、ライガが止め、代わりに低い唸《うな》りを発した。それを構成する感情が怒りと悔悟《かいご》のようであった。

「確かにコブラの肉と血だった。ところが、食い終わってあたりを見廻すと、野郎め、戸口のところで、にやにや笑いながら、おれを見てやがるんだ。いや、幻じゃねえ。本物だ。だが、おれが胃に納めた野郎も間違いなくコブラだった」

自分の告白を精査でもするかのようにライガは沈黙した。

せつらが引き取った。

「食われて新しい自分が生まれる。或《あ》いは殺されて」

ライガはうなずいた。

「しばらく様子を見た。どんな術か探《さぐ》り出そうとしたが、見当もつかなかった。早いところ片づけろとささやいたのは勘《かん》だった。もう一人前食うのかと思ったら、吐きそうになったが、おれは突進した。走りながら、右手の指を揃《そろ》えて、五枚の爪をとばした。人狼の爪は、それこそ鉤《フック》だ。おれの投げ爪は躱されたことも外した覚えもねえ。ところが、コブラの野郎、あっさりと躱しやがった。爪がドアをぶち抜いて出来た穴を見た瞬間、久しぶりに恐怖を感じたぜ。

生まれたままのコブラの首を咬みちぎるのは簡単なはずだった。だが、その前に奴は空中にとんでいた。おれよりも早かったぜ。顔面へとんで来たフックは右手で受け止めたが、ここに刺さった分は間に合わなかった。いや、痛《い》てえの何の。おれでなかったら即死だったろうよ」

「復活したら強かった、と」

「そうだ。どんな力があんな芸を可能にするのか、いくら考えてもわからねえ。殊《こと》によったら、コブラの野郎、殺せば殺すほど強くなるんじゃねえのか」

「嫌《や》な芸だ」

せつらが言うと、本気でそう思っているかどうかから、調べなくてはならなくなる。

「全くだ。呆然《ぼうぜん》と突っ立っているところへ、コブラの手下《てか》が帰って来た。こっちは一月散《いちもくさん》よ。ああ忌々《いまいま》しい、コブラの野郎、絶対にお返しをしてやるぜ」

「意味がないと思う」

せつらは正直に言った。殺すたびに生き返る存在に勝利を収めるには、どうしたらいい？　いや、それ以前に、どう戦ったらいいのか？　確かに意味がない行為だった。

「こういうのを解決することができるのは、〈新宿〉にもひとりしかいない。それを手にかけた気分はどう？」

「うーむ」

ライガは唸って天井を見つめた。

「どうして、彼を？」

せつらにも興味があるらしい。

「それはだな」

こう言って唇を舌で湿《しめ》したとき――二人は同時に

戸口の方を向いた。

「来たな」

「来たね」

ライガが立ち上がりかけるのを、せつらが止めた。

「まだ無理」

こう言うと、返事も待たずに三和土《たたき》へ下りて靴をはき、ドアを開けた。

夜風が吹き込んで、細長い靴函《くつばこ》の上に飾ってある黒い薔薇《ばら》を気持ちだけ動かした。アルバイトの娘が買って来た品である。花瓶《かびん》もそうだ。

せつらは、青みがかった空を見上げた。

向こうには、そんな余裕もなかったようだ。

垣根が揺《ゆ》れるや、ごおと黒い風がせつらの頭上を越えて、五メートル向こうで、人の形をとった。

細長い顎《あご》とそれを隠すために生《は》やしたような顎鬚《あごひげ》が眼を引いた。

爛々《らんらん》と輝く双眸《そうぼう》の下で、ぐるると洩《も》れた。それきりかかって来ないのは、苦痛の呻きだからだ。

男は両手で頭を押さえていた。せつらと交差した刹那《せつな》、見えない糸に首を断たれたのである。

二撃目を送る前に、せつらは垣根の方を向いた。

もうひとりの太った男が、こちらを見つめていた。両眼に赤——ではなく、深緑《しんりょく》の光が点った。

脳内に鈍《にぶ》い衝撃を感じて、せつらは眼をそむけた。

「遅い。かかったな、〝狩人《かりゅうど》狩り〟。意志なき獣や石の像でも、生命あるなしを問わず、おれの眼に魅《み》入《い》られたら逃げられん。おれたちを追う狩人どもは、こうやって狩られた。動くな、いま八つ裂きにしてくれる」

「無理」

とせつらは言った。

太った男にすれば、半病人が何も知らずに洩らしたひとことであったろう。彼は笑ってせつらに命じた。

「おまえの武器でおまえの首を断て」

彼はせつらの右手がかすかに動くのを見て取った。

凄《すさ》まじい痛みがひと息に肉と血管と骨とを断ち、猛烈な血の噴水を発せしめた。

「な――なぜだ？」

狂乱の相が男の顔を占《し》めた。

「この街に長くいると、色んな技を持った連中と出会わざるを得ない。〝催眠糸〟の術使いは幾《いく》らでもいる。僕も自分に術をかけた。自殺しろと命じられたら、相手を三つにするようにね」

みるみる死相が浮き出た男は、垣根から後じさった。

失われゆく闇に呑み込まれる速さは、オリンピックの短距離チャンピオンを歯牙《しが》にもかけなかった。もうひとりも後を追う。

せつらは六畳間へ戻った。

ライガは大の字のままである。一ミリも動いていないようにも見えた。

「片づいた」

「おお、一部始終、見とったで」

「大阪人？」

「これでも、ここへ来るまで、色んなとこを廻ってたんでな」

「何を見てた？」

ひっくり返っていたはずである。

「音が聞こえ、匂いもわかる。そしたら、おれには眼で見てるのと同じことよ」

「便利だね」

ライガはふふふと笑い、

「――で、どうする？」

と訊いた。

「奴らはここにおれがいると知った。必ずまたやって来る」

「出てってくれ」

「無駄だ。あいつらにはおめえも邪魔者ビッグ2のひとりだ。一挙両得《いっきょりょうとく》で襲いかかってくるぞ」

「起きろ」

「泡食うな。すぐには来っこねえ。じきに夜明けだ。それから考えればいいさ」

「気楽に言うな」

「緊張したってはじまらねえよ。いずれは闘《や》り合うんだ。策を立てたら、あとはのんびりやるべきだぜ、魔物も人間もよ」

せつらの返事は、軽い溜息《ためいき》だけであった。

家電《いえでん》が鳴った。

デスクに近づいて取り上げると、天国からかけているような老人の声で、

「お婆《ばあ》さんが死んだわ」

とだけ言って、切れた。

3

十数分後のことである。

「じゃあ」

「おお、留守番は任《まか》せとけ」

戸口で言い合って、せつらはオフィスを離れ、〈せんべい店〉の前でタクシーを拾った。

降りたのは、〈旧区役所通り〉を昇りきったところにある〈バッティング・センター〉の前である。

肌を切るような冷気の朝でも、人々の往来はそれなりにあった。

会社へ行く。店へ出る。警察へ出頭する。暴力団のオフィスへ向かう。これも出勤だ。網を放つ。妖《よう》物《ぶつ》を捕まえに行く。

それなのに、外見は何処にでもある出勤風景と変わらない。そういうものなのだろう。

せつらの目的地は、糸づくりの老婆《ろうば》の住まいであった。

住居兼仕事場は廃ホテルの一階ロビーに当たるが、出入口は隣接するランジェリー・ショップの玄関だ。

ブラとパンティの間を抜けて、秘密の出入口から入った。

老婆がいつも腰を下ろしていた台の上に、糸車が鎮座《ちんざ》していた。

その前に甚兵衛《じんべえ》の上に綿入《わたい》れを着た、古めかしい丸い背中が見えた。

電話の主だろう。それを取るまでせつらも存在を知らなかった相手だ。夫か恋人か――少なくとも、生まれたときから糸を紡《つむ》いでいたような老婆は、決して孤独ではなかったのだ。

六歩進んだところで、老人はふり返った。

皺《しわ》だらけで白髪《しらが》も後退した、何処にでもいるような顔立ちの老人であった。少なくとも下品な顔立ちではなかった。

「このたびはどーも」

せつらは頭を下げた。老人がどんな立場の人間かはわからないが、これやっとけば大抵《たいてい》問題はない。

「おらは死んじまったただ」

「はあ？」

どこかで聞いたような文句だと思った。老人の悲しみの深さは疑うべくもなかった。長い年月、彼らは誰にも知られることなく二人きりで暮らしていたのだった。

「ご主人ですか？」

と訊いてみた。

老人は首を横にふった。

「ご親戚？　それともお友達？」

まとめて口にしたのは、どちらも違うと思ったからである。

首は横にふられた。しかし、そうするとなると――

「ただの隣人です」

最後のひとつが返って来た。

「ただずっと――ずっと長いこと、お婆さんを見てきました。それだけです。お互い名前も知りません」

老人は眼のあたりを拭《ぬぐ》った。
「そう言えば、ひとことも交《か》わした覚えがありませ
ん」
そんな関係があるのだろうか。ただ相手がそこに
いると知っているだけの関係が。歳月はそれを許す
のだろうか。
「ご遺体は？」
「下着店のマスターが何処かへ運んだようです。病
院かもしれませんが、〈救命車〉は来ませんでした」
それは後でマスターに訊けばわかる。
もうひとつ知りたい場所があった。
「あの――仕事場はこのままで？」
「はい。手をつけてはおりません。お婆さんが倒れ
ているのを見つけたときのままです。お婆さんがい
ない以外は、なにも変わっておりません」
糸車にも、かたわらの糸入れにも、ひとすじのき
らめきがないことを、せつらは見抜いていた。
「あのですね。糸知りませんか？」
「は？」
「糸です。お婆さんが紡いでいたはずなんですが」
「さて」
老人は顎に手を当てて眉を寄せた。
本当なら、せつらの眉も寄る場面だった。
せつらは、〈バッティング・センター〉横の小路
と、ランジェリー・ショップの前に、〝探り糸〟を
張っておいた。
どちらも反応したのである。
先刻、オフィスで襲いかかって来た二人組。徒
歩。武器はなし。
これが糸の伝える情報の骨子《こっし》であった。
すでにせつらは〝探り糸〟を室内にも巡らせてい
る。
見つからない。
「あの――ないと困るんですけど」
言われて、老人は困った顔になった。
「うーむ――糸かあ」

「はい、糸です」

答えながら、せつらの眼は少し先の未来を見つめていた。

ドアが開くや、ランジェリー・ショップの店長が駆け込んで来たのである。

ドアをロックしてからせつらを見つけて、

「あんたを捜しに来たんだろ。早いとこ話をつけてくれ」

あんたを出せと言って、店内のランジェリーの匂いを嗅いでは、引き裂いてるんだ、と店長は喚《わめ》いた。

「では」

とせつらは言った。

秘密の扉のドアが勢いよくこちらへ倒れ込んで来た。

さっきの二人だ。すでに顔と四肢は狼の形状を取っていた。服は3Dの幻覚製造装置が生んだ幻だ。つまり、二人とも丸裸なのである。


「いたな」

と顎鬚が牙を剝いた。

「もう逃がさねえ。おれたちは治ったんだ。おまえの店の周《まわ》りをうろついてるうちにな」

「不死身を敵に廻すのがどういうこったか、わかるかい？」

と太った男が舌舐めずりをした。

「おまえの糸――よく斬れるが、おれたちは、斬れても治る。最後はおまえの敗北だ」

「ちょい待ち」

とせつらは二人に向かって両手をのばした。

「捜しものをしてるんだ。待とうじゃないか」

二人――二匹は無言で近づいて来る。喉《のど》を鳴らし、裂けた口の端から大胆に涎《よだれ》を垂《し》らしている。

「また痛いぞお」

せつらが恫喝《どうかつ》にもならない恫喝をしてのけたが、前進は止まるわけがない。

顎鬚が喉を上げて見せた。鋼《はがね》の環《わ》が嵌めてある。

「出来たての糸除《いとよ》けだ。もう簡単にゃ首は落とさせねえ」

「うーむ」

せつらは小首を傾《かし》げた。危機一髪の合図である。マスターなどは、死相を浮かべている。

「手足を食いちぎってとも思ったが、遊んでる暇はないと、コブラ様からのお達しだ。速攻バラバラにしてやるぜ」

太った男が身を沈めた。顎鬚ともども地を這《は》う狼の姿になる。

はあっ、と放って跳んだ。

光るものが行く手を阻《はば》んだ。せつらの妖糸《ようし》だ。だが、それは無益な反抗でしかない。

ぱっ、と血が世界を制した。

生贄《いけにえ》は、二匹の人狼の首であった。

制御《せいぎょ》を失った胴体は、せつらの背後の床に滑《すべ》り込み、二つの首は鮮やかな切り口から真紅《しんく》の帯を引きながら、宙に舞い上がり、それから、どん、と床に落ちた。

「さすが」

せつらは惚《ほ》れ惚《ぼ》れと、眼の高さに上げた右の人さし指を見つめた。その先に、不可視の糸の新作が付着しているのかもしれなかった。鋼の防禦環《ぼうぎょかん》ごと首を断ち、しかも見よ、二匹は完全にこと切れている。——その威力を感じているのかもしれなかった。

彼はすぐに手を下ろして、背後に立つ老人を見た。

「助かりましたが、隠匿《いんとく》はよろしくない」

老人は頭を掻《か》いた。

「形見が欲しかったものでね。申し訳ない」

老婆が遺《のこ》した新しい妖糸を、彼は着服していたのだった。

「よしとしましょう」

せつらは、ぴくりとも動かぬ人獣を見下ろしてうなずいた。

「お婆さんは約束を守りました」

かたわらで、マスターが、おずおずと、

「さっきから、誰と話してるんだい？　ここにはおれとあんたしかいねえぞ」

せつらはさっきとは別の意味で小首を傾げ、

「不思議」

と言ったが、わかっていたのかもしれない。

老人に影がなかったことを。

――お婆さんには見えていたのかな
胸中《きょうちゅう》の問いに答える者はない。

静かに立ち尽くす世にも美しい姿には、血の海と化した無惨な室内に、不可思議な敬虔《けいけん》さを漂わせる力があった。

ランジェリー・ショップを出るとき、

「鋼の環」

とせつらは、何の意味もない言葉を放つように言った。


どんなに深くまで下がっても、そこに真の闇は存在しなかった。

遥か頭上に弧を描く空の光のせいではない。夜も光がうずくまっているのだ。

だが、そこはやはり闇の世界であった。順路用チェーンを離れれば、狂った方向感覚が襲いかかってくる。誰の制止も聞かず、彼は列を離れて、彼にか見えぬ通路を行き、ひどいときは、その場で消失してしまう。薄明かりであろうと、皓々《こうこう》たる照明であろうと、それによって行き着く場所が知れなくなるのなら、闇の中にいるのと等しい。

コブラは〈亀裂〉の内部にいた。

せつらをガードする吸血鬼一族の娘二人を葬《ほうむ》った後、それ以前にライガと戦って負った傷と、それ故《ゆえ》に取った新たな不覚の印《しるし》の治療に励《はげ》んでいたのである。

現在《いま》の彼は新しい存在だ。前のコブラの死によって生まれた新生児ゆえにその能力はより高いが、その分の負債も、疲労や悪寒《おかん》、全身の痛みという形でのしかかってくるのだった。

　せつらとの戦いは、実はライガより遥かに不利な死闘だったのである。

　吸血娘二人は斃したものの、彼女らから受けた傷は喉と右肺に今も留《とど》まり、苦悶《くもん》を要求する。

　いつかは治るとわかってはいても、マゾでない以上、即解決を望むのが生きものだ。

　まさか、死闘の場所の近くにそれがあろうとは。吸血娘たちと戦闘中、コブラは何処かから洩れて来る精気のような波を感じた。

　その瞬間、すべての痛みが霧消《むしょう》したのである。たちまち二人を斃せたのも、そのせいに違いない。同じ場所に立っても等しい効果を得ることはできなかった。

　——あれを見つけさえすれば、私の力は〈新宿〉の頂点に立つ
　探し抜いて夜が明けはじめたと体内時計が告げた。

　精神的な疲労が、出もしない汗を拭わせた。

　探し尽くした遺跡の何処かから足音が近づいて来た。

　人間のものではなかった。

　獣——それも狂っている。

　その意味は、飢えていないということだ。彼に対する憎悪もない。感情の持ち合わせがない。ただ、殺したい——他者の破壊と死への渇望。上の世界なら殺人狂と呼ばれるだろう。

　足音が五メートルほど前方で止まった。

「探しましたよ」

とコブラは話しかけた。

「私はあなたの力が欲しい。それを得られるなら何でもするつもりです」

「おれの力？」

　つるつるの大理石《だいりせき》を思わせる声であった。

「おれは長いあいだここの墓の中で眠っていた。よ

い眠りであった。それが眼醒《めざ》めてしまった。ここを見つけた奴らのせいだ。だから、墓に近づく奴は、みな殺してやった。おまえもそのひとりだ」

「わかっています。あなたが眠りについたのは、一万年も前だ。あらゆる生命に、今以上の力が漲《みなぎ》っていた時代です。私は戦うつもりはありません。あなたに死なれては困る」

「困る？　ほお、おれに勝てるつもりか？　おれを眼醒めさせたのは、おまえの妖気だ。だが、寝呆《ねぼ》けていても、おれは不死身だぞ」

「同じです」

「ほお。面白い」

「話を聞いてもらえませんか？」

「無駄だ。おまえの欲しいものは、おれを殺さなくては手に入らない」

「とても残念です」

「大した自信家だな。おれの血を飲み肉を食らえるか。さあ試してみるがいい」


途方もなく巨大な圧力が四方から迫って来た。そのくせ圧力はひとりのものだった。

それから——何が起こったか。

彼は重い足を引いて、〈亀裂〉を見下ろせる展望地点へ行った。

頭頂から爪先まで血にまみれているが、痛みはなかった。

彼は手すりを摑《つか》んで、声を放った。

恐るべき、凶暴さと、憎悪と、怒りに満ちた咆哮《ほうこう》であった。

そして、歓喜に満ちていた。

第七章　意外に簡単な死

1

せつらが戻って来るや、ざらめの大判を齧《かじ》っていたライガが、

——聴《き》いたかい？

と眼で問うた。

「うん。凄《すご》い」

「それだけか？」

「他にどうしろと？」

「全く——世の中にゃ恐ろしい色男がいるもんだな。〈獣王の雄叫《おたけ》び〉を耳にしても、凄いねのひとことでおしまいとはな」

「〈獣王の雄叫び〉？」

「ああ。はじめて聞いた名前じゃあるまい？」

「そう言えば」

「言ってみろ」

ライガは不貞腐《ふてくさ》れたように言った。

「世界中の夜がひとつに重なる一瞬がある。そのとき生まれた獣《けもの》は、夜の生きものたちの王になる運命である」

「そうだ」

ライガは深々とうなずいた。

「そして、獣の王の咆哮《ほうこう》は夜の闇を統《す》べる。あらゆる夜の生きものたちは、彼の命《めい》に従うであろう」

「いいぞいいぞ」

ライガは手を叩《たた》いた。

「——一五〇〇年前、ササン朝ペルシャの呪館《じゅかん》城壁に刻《きざ》まれていた文句だ。しかも、過去の伝説にすぎず、記《しる》されている時代は、さらに五〇〇〇年も過去のものだという。現代向きじゃないね」

「一〇〇万年前だろうと、たった今だろうと〈獣王の雄叫び〉に変わりはねえ」

とライガは歯を剝《む》いた。〈獣の王〉の熱狂的ファンらしい。

「おれが聴いたのは、確かに〈獣王の雄叫び〉だ。

ということは、〈新宿〉の夜に年輪を重ねる生物たちが、叫ぶ者に服従の礼をすることになるんだ」

「へえ」

せつらは珍しく驚いたようだ。

「すると、あなたも？」

「そう言やそうだな」

「敵同士」

せつらはちらとライガを睨《にら》んだ。眼は笑ってはいなかった。

「ちょっと待て」

ライガはあわてて言った。

「例外もある。おれだ。今まで誰の下についたこともねえ。指図《さしず》を受けたこともねえ。〈獣王〉だって大丈夫さ」

「根拠がない」

せつらは冷たく言った。

「出て行け」

「一緒に行こうや」

「どうして？」

「おれの勘《かん》だが、多分、〈獣王〉はあんたの敵に廻《まわ》る。まず突っかかって来るのは、鉄砲玉《てっぽうだま》だろう。おれが始末してやるよ。これであんたの仲間だと思ってくれれば御《おん》の字《じ》だ」

「世の中、甘くない」

「そう言うなよ」

ライガは苦笑した。

「とにかく、おれの心情を理解してもらいてえな。危ないことは任《まか》しときな」

「理屈に合わないから、ヤだ」

せつらは立ち上がって、三和土《たたき》へ下り、ドアを開けた。

「出てけ」

「あんたなあ、少し頭を使えよ。おれを仲間にしたほうが絶対に得だぜ」

「ゲラウト」

「いきなり外国人か」

ライガは渋々と立ち上がった。

ドアを抜けるとき、

「気をつけろよ、〈獣王〉は手強《てごわ》いぜ」

「おまえもその仲間」

せつらはにべもなく言って、ドアを閉めた。

ノックされた。

開けると、ライガが意味ありげな表情をこしらえていた。

「何の用？」

「もううろついてるぜ、〈獣王〉の手先だな」

せつらは、ちらと天を仰《あお》いで、

「任せる」

と言った。

「おい」

閉じようとするドアを押さえて、

「狙《ねら》われてるのはおめえだ。おれは関係ない」

「さよなら」

「おい、待て。奴《やっ》ら、そこまで来てたぞ」

「仕様がない」

せつらは外へ出た。

「つき合え」

「冗談じゃねえ。ま、お手並み拝見といくぜ」

「裏切り厳禁」

「わかってるって」

せつらは、通りへ出た。

「あれ？」

もうもうたる霧が世界を白く染めている。時折生じる現象だ。霧の発源点の七割は〈亀裂〉で、二割が〈歌舞伎町〉。その他は一割足らずとされている。

敵には絶好の隠《かく》れ蓑《みの》だった。

せつらにも――とはいかなかった。

敵は体温感知能力と異常嗅覚《きゅうかく》とを備《そな》えていた。霧《む》中《ちゅう》のせつらは、オレンジのかがやきとなって網《もう》膜《まく》に映るのであった。

路上に立つせつらへ五メートルまで足音を忍ばせて近づき、一気に跳躍《ちょうやく》をかけた。

一〇四中八匹が野犬、二匹が変異獣であった。どちらも〈新宿〉の魔性《ましよう》に、超常能力を与えられていた。

彼らが空中にいる間に、あらゆる情報が消失した。

眼前の獲物が虚無《きよむ》と化した空間へ、彼らは折り重なって突入し、着地する他なかった。爪《つめ》も牙《きば》も空《むな》しく空を咬《か》み裂《さ》いた。

――上!?

と気づく前に、上空から見えない刃《やいば》が降って来て、彼らの首に巻きつき、彼らがそれを意識する前に切断してのけた。

霧は紅《あか》く染まった。

「やるなあ」

せつらの家の門のあたりで、ライガの声が上がった。

「どいつもこいつも一発で首と胴が生き別れか。〈獣王〉の子分どもを。えらい人捜し屋《マン・サーチャー》がいたもんだ。しかも、全員、他種の獣人より凄《すさ》まじい再生能力を持ってるはずが……おめえもドクター・メフィストの仲間だな」

「やめたまえ」

「しかし、厄介《やつかい》なことになったもんだ。おれとコブラの決着で済むかと思ってたら、〈獣王〉とおめえとはな。こら〈新宿〉も危ねえぜ」

「コブラは何処《どこ》にいる?」

「こいつはとんと見当がつかねえ。しかし、向こうもおめえを狙ってるんだ。放《ほ》っといてもやって来るさ」

「放っとけない性質《たち》で」

「損な性分《しようぶん》だな。確かこの街にゃ、凄《すげ》え情報屋がいるんじゃなかったか? ぶうがどうしたとかいう。もっとも〈獣王〉絡《がら》みの居場所が、そう簡単にわかるたあ思えねえが」

「…………」

「そうだ!」

ライガが手を叩いた。

「囮《おとり》捜査って手があるぜ。美味《うま》そうな餌《えさ》でおびき出すのさ。あいつら、正体は肉食獣だ。何はなくても美味いモンなら飛びつく。この街なら幾《いく》らでも——」


それから二時間後のことである。

〈歌舞伎町〉の雑踏《ざっとう》を、とてつもなく太った女がぶらついていた。

ただのでぶなら、

「キロ××円でうちへ来ねえか？」

とそっちの店から声がかかる街だが、その女、いかにもいわくありげというか、手え出したら、えらいとばっちりがある——と誰にもわかったため、敬して遠ざける、どころか見たら逃げろと、その女の行くところ、雑踏はたちまち無人になってしまうのであった。

当人はそれが不満らしく、逃げ出す連中を、むうと睨みつけていたりするのだが、生命《いのち》がかかっているから、みな遠のき、近くの店へ入ってしまい、とにかく、このでぶの行くところ、縦横無人《じゅうおうむじん》のがらがらなのであった。

「何かおかしいわねえ」

とでぶは不満げな眼つきで四方を見廻しながら言った。

「みんな何を恐れているのかしら？　ひょっとして後ろに何か」

とふり返ると、こちらは、五メートルと離れていないところに、興味津々《しんしん》と眼をかがやかせる人々が鈴なりであった。面白がって尾いて来たらしい。

　それも、眼が合う寸前、ぱっと四方へ散ってしまい、でぶが、ふんと前を向いて歩き出すや、またぞろ湧《わ》き出して、じわじわと後を尾《つ》けるのであった。

奇妙な行進を続けながら、でぶは、

「もう一時間も経《た》つのに、誰もちょっかい出して来ないわねえ。あたしの魅力に気がつかないのかしら」

とつぶやき、

「あーあ、変なバイトしちゃったわさ」

言うまでもなく、これは〈新宿〉一の情報センター〈ぶうぶうパラダイス〉の社長・外谷良子であった。

二時間前、オフィスへやって来たせつらに、

「バイト代を奮発《ふんぱつ》するから」

何も訊《き》かずに〈新宿〉をひと晩うろついてくれ、と言われ、額を聞いてOKした。

で、ぶらぶらしはじめたら、好奇の眼で見られるわ、涎《よだれ》を垂《た》らす奴はいるわ、レストランやラーメン屋の前を通りかかると、コックが包丁摑《つか》んで出て来るわ、食材がどうだの、固太りがどうだのほざく奴らがいるわ、ついには歩けるでぶとか言われ、さすがに少し頭へ来ているのであった。

それでも、バイト代を貰《もら》っている手前、外谷は足を休めず、〈新大久保〉方面へと向かう道へと折れた。

後ろの行列は、美味そうだの、キロ××円は高いだの言いながら尾いて来たが、ある地点で不意に声も足音も絶えた。

「ん?」

ふり返ったが、誰もいない。

〈新大久保〉と〈新宿〉のほぼ中間地帯にある小さな公園の前である。

ジャングルジムやブランコ、シーソー、滑《すべ》り台に砂場と一応揃《そろ》っている。砂場にはプラスチックのシャベルが転がっていた。

じっとそれを眺《なが》めてから、外谷は公園の中へと入った。周囲には常夜灯が点《とも》っていて明るい。それだけに周囲の闇が際立《きわだ》って見える。

「よいしょ」

とブランコに腰を下ろす。

ギイときしんだ。

しばらくの間そうやっていたが、何も起こらない

のに気づき、

「あ、そーか」

と台の上に立ってこぎ始めた。

周囲の闇の一部が前へ出て、四足獣《しそくじゅう》の姿を取った。

一匹――二匹――

たちまち十数匹が、ブランコの周囲にわだかまった。

グルルと喉《のど》を鳴らし、舌と涎を吐いている。涎には強酸が含まれているのか、砂地は白煙を上げてえぐれた。

「ちょっとお――下りられなくなっちゃったわさ」

外谷は何を思ったか、ブランコの上から、

「こらぶうぶう」

と威嚇《いかく》したが、あまり効果はなく、包囲は狭《せば》まった。

「疲れてきたわさ。跳《と》ぶわ」

思いきり弾《はず》みをつけて、ブランコを離れ、獣どもの頭上を越えて逃げるつもりだったのだが、それより早く、一匹がジャンプを決めた。

鋭い牙と爪がブランコの鎖《くさり》を鮮《あざ》やかに切り裂き、外谷はでーん、と地面に落ちた。

「むう」

と立ち上がったところへ、二匹、三匹目が躍《おど》りかかった。

「この野郎」

右手のハンドバッグをふると、何が入っているのか、二匹が血反吐《ちへど》を吐いて吹っとび、しかし、四匹、五匹目が外谷の襟首《えりくび》に牙をたてて引き倒した。

「むう――離せ」

と言ってもそうするわけがなく、外谷はじたばたしながら、闇の中を引きずられて行った。途中、運ぶ奴が足を止め、別のと交代したのは、不気味だが、激しい息つぎを考えると、滑稽《こっけい》な一幕であった。重すぎるのである。

離せ、ぶうと喚《わめ》きながら、外谷は〈新大久保駅〉

に近い廃ビルの一階に引きずり込まれた。

窓のシャッターを落とす音が連続し、ライトが点った。

会議室と思《おぼ》しい空間は、優に二〇畳を超えていた。壁をぶち抜いたものだろう。

放り出された外谷の周囲をおびただしい数の獣たちが取り囲んでいた。数は増えている。

外谷は、しかし、さして恐怖に身を浸《ひた》しているようにも見えなかった。

不平面《ふへいづら》で獣たちを睨みつける表情は、穏《おだ》やか――というより、いつもの自信満々たるものであった。

「何さ、ぶう？」

と訊いた。

「これは美味そうな獲物をよく見つけて来た」

と遠くから聞こえた。

獣たちが頭を下げて、うずくまった。

闇の奥から近づいて来たのは、長身の男であった。若くも老いても見える。ひどく年齢的にちぐはぐな印象であった。

その顔に何を認めてか、

「あれれ」

と言って、外谷は丸太についた団子のような首を傾《かし》げ、

「どっかで見たわね」

と芋虫《いもむし》のような指で差した。

2

「そう言えば、どこかで」

男は自然に笑った。

「で――あたしをどうするつもりなのだ？」

外谷は断固《だんこ》として尋《たず》ねた。

「それはもう――ご自分でおわかりのとおり」

にんまりと笑《え》み崩れる男の前で、外谷は首をひねった。真剣だ。本気でわからないらしい。

とうとう男が、

「これ以上の問答は無駄でしょう。私はあなたをいただく」

「何、それ？」

外谷は両手で胸を覆《おお》い、唇を尖《とが》らせ、男を睨みつけた。顔が赤い。照れている。

「何か勘違いなさっていらっしゃるようだ」

男は苦笑に変えた。

その唇全体から半透明の涎が流れ落ちはじめた。両眼が血光《けっこう》を帯びる。欲望の光は性欲ではなく食欲だ。

「むむむ」

外谷が身構えた。商売柄《がら》、暴力沙汰《ざた》には慣れっこなのだ。自分を抱くようにして、ごろりと丸まってしまう。

「肉玉か？」

男が眼を細くした。

「おっ!?」

いきなり突っかけた――というより転がって来たのだ。信じ難《がた》いスピードが、獣たちの被害を増やした。

間一髪《かんいっぱつ》で跳びのいたのは、公園で外谷を見ていた連中で、回転する肉塊《にくかい》に巻き込まれてミンチにされたのは、たかがでぶと高をくくっていた男たちであった。

「おまえもやるか？」

直径二メートルちょいの球《たま》が訊いた。

「やむを得ませんな。静かにいただきたかったのですが」

男は前へ出た。

上半身が前へとのめり、端整《たんせい》とさえいえる顔が長々とのびていく。それに合わせた唇から、鉄のような牙の列がせり出してきた。がちがちと嚙《か》み合わせた牙が、青白い火炎を噴《ふ》く。

「むむむ」

と肉玉が呻《うめ》いた。強敵と悟《さと》ったのだ。

男の五指が鉤爪《かぎづめ》に化けた。

「むう」

　いきなり肉玉が後退した。逃亡に移ったのだ。

「逃がさんぞ」

　もはや、獣と化した男が文字通り、耳まで裂けた口で笑った。

「実に美味そうな餌だ。ゆっくりと裂いてやる」

　疾走に移った。

　転がる外谷までたちまち三メートルに迫る。

　球が反転した。慣性の法則さえ無視した急反転だった。

　獣の鼻面《はなづら》へ一トンもの肉塊が迫る。

　それは寸前で止まった。

　獣の右脚の爪が肉玉に食い込んでいたのである。

「ふう」

　獣が短く息を吐いた。

「ただのでぶかと思ったら、どうしてどうして。このまま丸呑《の》みにしてやろうか」

　ぐいと頭上高く持ち上げ、その下で巨大な口が裂ける。

　二メートルの肉玉でもひと口だ。

　だが、鉤爪は根元から断《た》たれ、外谷は見えざる糸によって宙をとび、安全地帯へ着地した。

　ぐおお、とふり返ったのは、さすがに〈獣王〉――敵の気配を察したのか。

　倒れ伏した獣たちの向こうに、二つの影が立っていた。

「よお」

　と皮肉っぽい笑みで片手を上げたのはライガだ。

　そして、かたわらの世にも美しい人影は秋せつらに違いない。

「美味そうな餌といえば、この女だ」

　せつらは幾分愉《たの》しげに言った。

「僕の目も、おまえの目も確かだった」

「おれの目もな」

　とライガが牙を剝いた。

「案《あん》の定《じょう》、食いついて来た――コブラは何処にいる？」

「知らんな」

〈獣王〉はとぼけた。

「化けてない？」

せつらはライガに訊いた。

「臭いが違う」

「ははは、阿呆《あほ》どもめ、ぶう」

ガラガラ声が二人をふり向かせた。

肉玉の落ちた位置に、外谷が立っていた。

「〈新宿〉にいて、同化というのを知らないのか？」

「あ」

とせつら。

「この男は知らないけど、コブラなら見たことがある。あたしは一度見た顔は、絶対に忘れない。どんなに化けても見抜いてやるのだ。コブラは、こいつと一体になったのだ」

〈獣王〉の身体が床を走り――ぴたりと止まった。

左手が走った。見えない糸は呆気《あっけ》なく切断され、獣は風を巻いて戸口を抜けた。

「待った」

せつらが声をかけたのは、ライガも走り出そうとしたからだ。

「なんでだい？　ここで逃がすと――」

「糸は巻いてある。気がつかれないように。しかし、ここで捕らえるつもりが――油断した」

「ほうかい」

ライガはあっさり姿勢を整えた。

「けどよ、捕まえるくらいなら、なぜ今ぶった斬っちまわなかったんだ？」

「捕まえろと言われている」

「おやおや。なら、引き渡しが終わったら、おれに譲ってもらうぜ」

せつらは外谷の方を向いた。

すわり込んでいる。

「無事だね？」

〈獣王〉＝コブラの爪は、その身体にめり込んでいたはずだ。

「ばっちり受け止めたわさ」

外谷は胸前で両手を拝《おが》み合わせた。まさしく、鉤爪はミットのような両手の平ではさみ止められていたのであった。

「ぬはははは」

腰に手を当て、のけぞって笑う外谷から眼をそらして、

「厄介なことになってきた。ひとりで二人分かとせつらが珍しくごちたところへ、

「しかも、殺されるたびに強くなるぜ」

とライガがとどめを刺した。

「ぬはははは」

まだやまぬ外谷の自慢の高笑いが、広い空間に鳴り響いていた。

〈獣王〉＝コブラは、〈亀裂〉に辿《たど》り着いた。

「ここへ戻ったが、とりあえず為《な》す術《すべ》もなしか」

〈獣王〉は呻くと、がちがちと口惜《くや》しげに牙を鳴らした。その表情の中に、コブラの顔が揺曳《ようえい》した。

「あの人捜し屋——やはり只者《ただもの》にあらずか。予想はしていたが、実に恐るべき男。あれくらい美しいと自分が滅《ほろ》びるか、相手を滅ぼすかしかない。勿論《もちろん》、彼のほうであるが」

こう言ったのは、コブラの声である。ひと呼吸置いて、

「仰《おお》せのとおりだ。だが、さして難しいことでもあるまい。今回は油断しただけだ」

〈獣王〉の声に戻っている。

ひとり二役——だが、それを珍妙と感じさせぬ不気味な雰囲気が、この会話にはあった。

「奴は糸を使う——おい」

〈獣王〉＝コブラは、あわてて両手をふり廻したが、

「——何もない。尾けられてはいまい」

と言った。

「よし、では、強化術にかかりましょう」

コブラの声に、〈獣王〉は表情を変えた。

「気楽に言うな」

「それしか、あいつを斃《たお》す法はありません。あの顔がある限り、奴を始末するのは至難《しなん》の業《わざ》です。みな、戦いの魂《たましい》を奪われてしまうのでね」

〈獣王〉は沈黙した。認めざるを得なかった。あの美貌《びぼう》――ひと目見ただけで魂を抜き取られてしまう。しかも、いつまでも抜き取られっ放しだ。

「それに」

コブラの声は確信を込めて言った。

「これは勘ですが、奴は間違いなく追って来ます。別の場所へ移るか、今すぐ施術《せじゅつ》を行なうかですな」

〈獣王〉の毛深い顔に汗の珠《たま》が浮かんだ。

「しかし、これ以上、パワーアップしたら……おれもおまえも……」

「危険は承知の上だ。私たちは、この街で生きていく。邪魔者はすべて抹殺《まっさつ》する。私たちの身に何が起ころうと、覚悟の上ですよ」

せつらとライガが、〈亀裂〉内の遺跡へ駆けつけたのは、それから二〇分足らずのうちであった。

すぐに、裳脱《もぬ》けの殻《から》と知れた。

「バレたんじゃねえのか」

ライガが苦々しい表情で言った。

「かもね」

せつらは〈亀裂〉の内部を見廻した。

「糸はどうした？」

「切られている」

「ここでやられたか。となると、奴めパワーアップしたな」

「またか」

せつらの声は苦笑を含んでいた。

「おい、ゾクゾクしねえか」

ライガが両肩から腕をこすりながら訊いた。

「ふむ」

せつらはどう感じているのか、何事もないように四方を見廻していたが、

「おや」

あるものに眼を留《と》めた。

円筒状の岩に食い込んでいる鉄のナイフである。ここの観光ポイントのひとつで、約三〇〇万年前のものと言われている。無論、その時代に鉄器も円筒もない。

右方の通路から幾つもの人影が現われた。

それぞれこの場所へ向かって、すぐに足を止めた。

石に刺さった木の根の化石、壁に食い込んだ石《せき》斧《ふ》。すべて存在するはずのない時代のものである。

人影は武器に手をかけた。異様に髪の毛の長い、ずんぐりした人影であった。否《いな》、人間よりも猿に近い。

「どうなってんだ？」

ライガが首を捻《ひね》った。


「ここで行なわれたパワーアップの影響だ。消えていた持ち主が甦《よみがえ》ってきた」

「クワバラ、クワバラ――早いとこ逃げようぜ。うお、こっちへ来た」

ナイフを斧《おの》を槍《やり》を手にした影たちは、明らかに二人へ向かって歩きはじめていた。

「任せていいかい？」

ライガの問いに、せつらは小さくうなずいたきりだ。

その眼前で、鉄の刃が、化石の斧が、槍が持ち上がった。

それはことごとくせつらの足下《あしもと》に落ちた。影は消えていた。

「その糸――死霊《しりょう》破りの力もあるのかい？」

ライガがつくづく感心したように言った。

「何にもなくなった。あいつらを甦らせたエネルギーの残りが消えちまったんだな」

「切れ味が良くない」

「え？」

「糸がぼろぼろだ」

「しかし、そりゃ残りもんのせいだぜ」

二〇分前、ここで生み出されたエネルギーとは、どれほどのものなのか？

「また厄介なことになっちまったな。ま、頑張ってくれ」

ライガはしみじみとせつらの肩を叩いた。

「それでものは相談だが、おれも追っかけられてるわけだ。助けてやってもいいぜ」

「えらそーな」

せつらは出口の方へ歩き出した。

「待て待て」

ライガがあわてて後を追う。

少なくとも、せつらの戦いは一勝のみに終わり、敵にそれ以上の勝率を上げさせたのは確かだった。

3

それから半月が過ぎた。

人狼《ひとおおかみ》をはじめとする獣人たちは、〈新宿〉の闇と同じ色彩《いろ》に溶け込み、音も声もなく漂《ただよ》っていた。

牙と爪による犠牲者も現われず、せつらは別の仕事にかかりきりのまま、時間《とき》を過ごしていった。

意外なことがあった。

ライガが助手としてその実力を示しはじめたのである。

最初は、

「居候《いそうろう》しっ放しじゃ悪いから、何か手伝わせてくれよ」

と言い出し、

「冗談。出てけ」

と返されても、

「ま、いいからいいから」

と居すわって、

「のこのこ」

とつぶやきながら、せつらの後をついて来た。

いつの間にか、捜《さが》す相手の匂いを何かから嗅《か》ぎ取り、せつらが隠れ家《が》に入る前に、取っ捕まえてしまう。妖糸《ようし》が絡め取る前に逃げ出した連中を匂いで追い詰め、捕獲《ほかく》する。抵抗すれば、どんな武器も平気の平左《へいざ》で、ぶちのめし、耳や指の一本も嚙み切って大人しくさせる。

せつらも呆気に取られる抜群の人捜し能力を発揮《はっき》したのである。

しかも、

「一切《いっさい》、報酬《ほうしゅう》はいらねえ。代わりに毎日ステーキを好きなだけ食わせてくれ。ワイン付き――安いのでいいから」

というのが唯一の要求だったから、せつらもつい、

「オッケ」

してしまった。

その日も〈歌舞伎町〉のステーキ屋で、血のしたたるレアの一キロ・ステーキを平らげながら、

「しかし、奴ら動かねえなあ」

と首を傾げた。

「こういうときは待つしかねえが、何を企《たくら》んでるかわからねえのが困るよな、ふむふむ」

「獣の勘はどう？」

「働かねえ。つまり、本当に何もしてねえんだ。或《ある》いは――」

「別の連中が動いてる」

「そ」

フォークの肉片をがぶりとやって、ほとんど嚙まずにワインごと呑み込んで、

「コブラ一派の狙いは、この街を支配するこった。なんせ不死身だ。幾ら暴れても最後には自分たちが勝つと思ってるだろうが、力ずくで手に入れたって、〈区外〉から人が来なくなったり、経済活動の

流れが一方的に切られちまったりしたら、〈新宿〉自体が成り立たなくなる。人狼が住民を食い漁《あさ》る街と交渉を持とうなんて連中はいないだろうからな。となると、〈区外〉の企業の気を引くだけの何かを提供する必要がある」

せつらは黙っている。同感なのだ。

ライガが最後のひと切れを放り込み、ワインを空けて、

「さて、何じゃらほい？」

「不老不死」

思いきり咳《せ》き込んで、ナプキンを口に当て、

「それがあったな。売り買いできるものとは思わなかったんでな」

「人間の求める理想だ。そのために権力者は、古来、世界中に調査員を派遣した」

「すると、あれか？　目下《もっか》交渉中だとか？　いや、最初からそれが目的なら、とうに取りかかってる。引っかかった奴らは――」

「いる」

せつらはこう言って、野菜サラダのにんじんを、ひと口やった。

「よく兎《うさぎ》の餌なんか食えるな」

ライガは吐き捨て、

「――誰だい？」

と身を乗り出した。

他のテーブルの客が、剣呑《けんのん》な表情でふり返る。普通の人間じゃないと、入って来たときからわかるのだ。

「医薬産業大手五社が、トップレベルでいつにない動きを示してる」

「よく知ってるな」

ライガは呆然《ぼうぜん》と、せつらを見つめた。

「毎日、ぼんやり人捜してるだけだと思ったが、やっぱり、並みじゃなかったな」

「はは」

「けどな、不老不死てな、医学の問題なのか？　お

い、ねえちゃん、もう一杯」

ライガはワインを注文し、新しいグラスからひと口飲《や》って、

「おれも随分《ずいぶん》と長生きしてきたから、これが人間の最高の夢だというのはよく知ってるよ。だから、人間はありとあらゆる方法で、不老不死を解明しようと努めた。魔法、呪術、医学と科学。今じゃ医学の一分野だと思われてるし、誰でもいつかそれで解明できると思ってる。いつか、人間は自力で不老不死になれる、とな」

「そうそう」

「ところが、そうはいかねえんだ。実はな、不老不死なんてごめんだ、なんて奴らも実はゴマンといるんだぜ。考えてみなよ、年も取らず死にもしねえでいつまでも生きてくってことが、どんなにしんどいか。どんな連中だって死にたくなることたああるさ。ところがそれができねえんだ。どんなに死にたいくらいヤバいことがあっても、絶対に死ねない。これに耐えられねえ奴は、想像以上に多い。だから、医学に頼る。DNAや細胞を調べ尽くせば何とか死ぬ方法が見つかるんじゃないかって、な。みな駄目だ。医学じゃ埒《らち》が明かねえ。結局、魔法と妖術のレベルに戻ってくる。ところが、これも上手《うま》く作動しねえんだな。不老不死が魔法でどうなったって話はひとつもねえ。残ってるのは噂《うわさ》よ。世界でただひとり、ドクトル・ファウストって魔道士が、人でありながら、不老不死を身につけたってな。ん？　知り合いか？」

「ドクトル・ファウスト」

せつらはつぶやいた。

じろりとライガを見て、

「なぜ、メフィストを襲った？」

「おお、それだ。実はメフィストが――」

声は熄《や》んだ。彼はせつらが自分を見ていないことに気づいたのだ。

せつらはレストランのドアを見つめていた。

黒いスーツの女がひっそりと立っていた。

「お久しぶりね」

と西夜は言った。

「こら、別嬪《べっぴん》だ」

ライガが眼を丸くした。

「よくも今まで黙ってやがったな。おれ――ライガ。よろしくな」

「よく知っているわ」

西夜は薄く笑った。

「あなたがこの街へ来たときから。無事で何よりね」

「おかしなこと言うなよ。危ねえことなんざひとつもありゃしねえぜ」

「この街向きなのかしらね」

「そうともよ。おい、社長――紹介してくれや」

「西夜よ」

「いい名前だねえ。泣きたくなってくるぜ。どうだい、これから一杯？」

「ありがとう。でも、また今度」

「なんでえ、冷てえなあ」

「何か？」

とせつらが訊いた。

「アメリカの『メディシン《M》・コーポ《C》』が動き出したわよ」

「ほお」

アメリカの、つまり世界の医薬産業の元締めだ。

新薬や治療機器の開発は勿論、各国の医療機関や大学の研究室、医学部と手を結び、世界の医療機関を統一しかねない勢いの大企業で、一説によると呪術や魔法の研究にも取り組んでいるという。

唯一、その手に乗らないのがこの国で、ＭＣは、政府関係者や外部企業を通して、医薬品の自由販売網や傘下《さんか》に加わるような圧力をかけているそうだ。

「契約相手は何処？」

せつらが訊いた。

「〈新宿不死研究センター〉」

「そんなものいつ出来た？」

「一週間前よ。資本金一〇〇〇万円」

「代表は誰？」

「和田嘉彦《わだよしひこ》――〈山吹町《やまぶきちょう》〉にある『和田医院』の院長よ。どうってことない医者。名義貸しね」

「背後にゃコブラと〈獣王〉とその仲間がいるな」

ライガが唇を歪《ゆが》めた。

「けっ、人狼のプライドも忘れやがって。今日から僕らも企業人か」

「具体的な契約内容はわかる？」

せつらの問いに、西夜はうなずいた。

「センターから検体を二体提供する。ＭＣからは、センターに研究費として年に一億ドルを支払う」

「そりゃ、豪気《ごうき》だのお」

ライガが天を仰いだ。

「成功すれば安い投資だわ」

西夜は淡々《たんたん》と指摘した。

「不老不死を望まない人間はいない。それが可能になるとしたら、世界の企業や国家のトップが、見《み》境《さかい》もなく資金を提供するでしょう。ひとり一億ドルだって軽いものよ。本物なんだから」

「無理だよ、無理。おれたち以外、どんな生きものも、こんなふうになりゃしねえよ」

ライガが自信たっぷりに言った。

「眼の前に射《う》っても刺しても焼いても平気な生物がいる。あなたもこうなれると言われて、信じない人間がいると思う？　できるできないの問題じゃないのよ」

「ま、そりゃそうだ。で、何とかセンターの奴らは金ためて何しようってんだ？」

「それはご同類の方が詳《くわ》しいでしょう」

「おお。〈魔界都市食肉センター〉さ」

さして大きな声ではない。それまでの会話が他の客の耳に入ったとも思えない。しかし、店内は静まり返った。

少しも気にしない男の蛮声《ばんせい》が、朗々《ろうろう》と響き渡る。

「人狼の目的は人間を食らうこった。定期的に確実にそれを確保するために、食肉センターを作るんだ。それではじめて、おれたちは果てのない飢えから解放される」

「餌は人間？」

せつらの問いも、嫌悪感などない。こっちも神経が特別製なのだ。

「他にあるかい。人間側も魔法で偽物を作ってよこしたりしたが、やっぱ味が違うし、腹に溜《た》まらねえ。こいつはおれの考えだが、結局はホームレスを集めて月に何十人かまとめていただくってことになるな」

「数が足りない」

とせつら。

「手は幾らでもあるさ。〈新宿〉で足りなきゃ〈区外〉からも送り込む。いいか、世界の大企業と政治家がつるむんだ。景気を操《あやつ》るくらい造作《ぞうさ》もねえ。死なない身体《からだ》になれるなら、永久に世界を不景気のどん底に置いて、ホームレスを増やすくらい平気でやるさ」

「そのとおりね」

西夜が静かに認めた。

「やれやれ」

せつらが立ち上がった。

「何でえ、もう行くのか？　もう一杯飲《い》きてえなあ」

「空気を読む」

「はン？」

そして、ライガは気がついた。

客たちが全員こちらを睨みつけている。店にも厨房《ちゅうぼう》にも憎悪が満ちていた。

「許さない」

若いリーマンふうがネクタイをゆるめた。フォークを逆手《さかて》に握っている。

「おれたちを食肉センターへ送るだと？　面白《おもしれ》え、やってみろ」

中年の三人グループが腰を浮かしていた。右手は背広の内側に入っている。武器を摑んでいるのだ。

「なんでえ。まともな話をしただけだぜ」

ライガが一瞥《いちべつ》して声を荒らげた。

「おれたちばかりじゃねえ。人間は獣の餌だ。それを楽に手に入れようとするのは当たり前だろうが」

「空気空気」

せつらはさっさとレジへと向かった。

じわり、と殺気の輪が縮《ちぢ》まる。

あちこちで拳銃が鈍《にぶ》くかがやいた。

「面白え、やるか」

ライガが右腕を廻した。銃口がこちらを向く。

支払いを終えたせつらが、
と前へ出る前に、

「あ、お先に」

「失礼しました」

西夜が微笑《ほほえ》みかけた。

客たちの間を、ある風が吹き抜けた。

ぶつくさ言いながら、客たちは席へと戻った。空気はみるみる穏やかさを取り戻していった。

「やるねえ、別嬪《ほぼ》さん」

ライガが惚れ惚れと白い美貌を見つめた。

「あんた何者だい？」

返事はない。

せつらを先に、三人は外へ出た。あわても急ぎもせずに。

第八章　エクストラオーディナリー・ウォー

1

闇が敵だとは、〈魔　震《デビル・クエイク》〉からずっとわかっていたことだ。だが、今日くらい身に迫ったときはなかった。

〈大京町〉のホテルでの医師会の会合に出てから、〈歌舞伎町〉へ流れて二軒ほど飲み屋を廻《まわ》った。

それから、〈高田馬場《たかだのばば》〉へ行こうということになった。言い出したのは、医師会の仲間である。行きつけの店があると、いつも自慢している医師であった。他に二名を加えて、タクシーをとばした。このときまで、闇は敵ではなかったのだ。

だが、店を出て仲間たちと別れてからは別だった。

ぶらぶらと坂道を上がる背中に、はっきりと凶気が感じられた。偶然の遭遇でないのはわかっていた。そもそも無理があったのだ。仲間に誘われて〈高田馬場〉へ来たように見せかけたことも、いま気の向くままに〈魔法街〉の方へ進んでいるふうにブラフをかけていることも。

奴《やつ》らはみいんな知っていた。〈山吹町〉の家を出たときから。

その家のドアの前に立ったとき、彼の心臓は乱打状態であった。

人形のように愛らしい少女の出迎えを受けて、ようやく安堵《あんど》に身を委《ゆだ》ねられた——

「トンブ様は、いま〈駅〉近くの居酒屋においでです」

と告げられるまでは。

戻らねばならない。同じ道を。

また、ついて来た。

その居酒屋の前に辿《たど》り着いたとき、心臓麻痺《まひ》に襲われなかったのが不思議であった。

だが——そいつも一緒に入って来た。

相当に悪趣味な店で、演《だ》しものは男性ストリップであった。客も女ばかりだ。その中で、最も下品な野次をとばし、手を叩《たた》いては床を踏み鳴らしているでぶが、トンブ・ヌーレンブルクであった。

女性客たちの好奇な眼にさらされながら彼はその席へ近づき、

「〈山吹町〉で医者をしている和田と申します」

と名乗った。

こちらを見もしないでぶに、

「人狼《ひとおおかみ》から救ってください。一億円差し上げます」

と続けた。

つぶれた顔がこちらを向いた。

「支払い方法はわかってるね。前金で八〇パーセント。残りは終わってからで結構」

「小切手になりますが」

「結構。いまチェックさせてもらうわさ。おすわり」

この女の隣に腰を下ろすのは、背後の奴と対峙《たいじ》するより勇気がいりそうだったが、和田は従った。

小切手に金額とサインを書き込んで手渡した。トンブは口をへの字に曲げて、それに眼を通し、手の平で表面をひと撫《な》でした。何処《どこ》かでピーと鳴った。手の平にセンサーがついているらしい。

「オッケ。確かに」

チェコ第二の魔道士はうなずき、和田へ眼をやった。

「あれ？」

救いを求めて来た男は、いつの間にか消えていた。

救い主の前から、和田は逃げ出した。

背後から、今すぐ殺すと伝えられたのだ。声ではない。意志のようなものである。

彼は店を出て、闇へと身を投じた。何処へ行ったらいいのか、当てなどなかった。

猛スピードで〈早稲田《わせだ》通り〉へ出たときはじめ

て、理解できる形で警告がやって来た。

——逃げられはせん。妻子は〈区外〉へ逃がしても、おれたちの眼と牙《きば》が光っているぞ。おまえは与えられた役割を演じきるまで、死ぬこともできんのだ。

「私には無理だ。あんな組織の代表など。他を探してくれ」

「正直、誰でもいいのだ。だが、おまえの名で交渉が進められている以上、いま逃亡は許されん」

「私には……人間を獣《けもの》の餌《えさ》にする計画に加担などできん」

「——今さら遅い。おまえは金で同類を売ったのだ。悪あがきはよせ」

頭上で鳥が激しく鳴いた。

光る眼が二つ近づいて来た。

手を上げて止め、乗り込んですぐ、

「〈メフィスト病院〉へ」

と告げた。


走り出したタクシーの後を、地を這《は》う四足獣《しそくじゅう》の影が追って行った。

タクシーは夜間出入口から院内へ入った。和田医師が降りるや、待機中の夜勤の看護師とメカ・ヘルパーが駆けつけ、エレベーターへと導《みちび》いた。

影はエレベーターのドア前まで忍び入るや、身を翻《ひるがえ》して非常用の階段へと走った。

夜間診療室は二階にある。

和田を殺すつもりはなかった。まだ脅《おど》しで間に合う。

相手に気取《けど》られぬ秘密は死角に入ることだ。人狼ならではの本能的技術だ。そこにいるにもかかわらず、周囲の眼からは忽然《こつぜん》と消失したように映る。問題は相手の移動に合わせて、先廻りしなければならないことだ。

エレベーター・ホールの方から、ストレッチャーの音がする。逃亡の意欲を完全に失うよう、もう少し脅しつけてやろう。

いきなり、肩を叩かれた。

「よお、ルイジ」

愕然《がくぜん》と跳《と》び離れた姿は、上衣《うわぎ》姿の人間のものだ。

「ライガ」

呻《うめ》き声は五メートルの距離を蛇のように進んだ。

「どうして、おれがここにいると？」

「和田って医者もそう訊《き》きたいだろうよ——鴉《からす》さ」

「鴉？」

「〈高田馬場〉の飲み屋から、おめえの後を追っかけてると、連絡が入ったんだ。さ、〈獣王〉とコブラは何処にいる？」

「知らねえな、口を割らせてみな」

「おれに勝てるか、ルイジ？」

ライガは嘲笑《ちょうしょう》した。

「いいや。だから、こうするさ」

唇が尖《とが》った。

足下《あしもと》が煙を吐いた。

ライガは鼻と口を覆《おお》って後じさった。嗅覚《きゅうかく》をつぶしかねない悪臭のガスであった。

凄《すさ》まじい咳《せき》を放ちながら、彼はガス帯を突破した。

ルイジの姿は何処にも見えなかった。

非常階段を音もなく駆け下り、ルイジは夜間出入口へと走った。監視カメラに追われているのはわかっていたが、気にもならなかった。道は開かれているのだ。

「ん？」

低く洩《も》らしたのは、前方にあるべきドアが見えないためであった。

足を止め、

「ここは——!?」

呆然《ぼうぜん》と立ち尽くした。

その前に、ふらりとひとつの影が生じた。

——貴様《きさま》!?

叫びは声にならなかった。驚きが大きすぎたのである。そして、もうひとつ――

彼は頬《ほお》に爪《つめ》を走らせた。裂《さ》けた肉の間から鮮血が迸《ほとばし》って床を濡《ぬ》らした。

たるんだ頬と表情が引き締まる。こうしなければ戦えなかったのだ。

「ご苦労」

と前方の影は言った。


インターフォンが鳴った。

梶原〈区長〉はスイッチをONにし、すぐに眼を剝《む》き出した。

「コブラ様が参っております。お約束はないそうですが、人狼の跳梁《ちょうりょう》をやめさせてみせる、と」

「通せ」

数分後、梶原はテーブルを思いきり叩いたが、痛みは感じなかった。

「食肉センターを承認しろ？　貴様、気は確かか？」

梶原の姿勢は何でもありだ。よく言えば順応性に富み、悪く言えば八方美人。したがって、激昂《げっこう》することは殆《ほとん》どない。

それが眼は血走り、ふくれ上がったこめかみの血管は爆発寸前の状態で蠢《うごめ》いた。怒りが血管を駆け巡《めぐ》っているのだ。

「すでに布石《ふせき》は打ってある」

コブラは平然と言った。〈区外〉の政府、大企業のトップ、魔道士、妖物《ようぶつ》、悪霊《あくりょう》――百戦錬磨《ひゃくせんれんま》の〈新宿区長〉を、歯牙《しが》にもかけぬ態度であった。

「合法的に土地も入手した。書類上の事業内容も問題はない。しかし、いずれ、トラブるのは間違いない。そのとき、お互いに無用な血を流さない用心だ」

「血なんぞ幾《いく》らでも流してくれる。ここは〈新宿〉だぞ、〈魔界都市〉の名は伊達《だて》じゃない。血で血を洗いたきゃあ、いつでも相手になってやる。公的機関だから何でも丸く収めようとするなんて思うなよ、狼男。わしが〈区長〉でいる限り、人間を手前《てめえ》らの餌にする施設など、絶対に作らせん。土台も出来ないうちにぶち壊《こわ》してくれる」

「物わかりのいい〈区長〉だと聞いたが、出鱈目《でたらめ》だったようだな」

コブラと名乗った男は、笑いを絶やさずに歯を剝いて見せた。牙である。

「〈魔界都市〉などと気取ってみても、所詮《しょせん》は〈区外〉との交渉がなくては生きていけん。この世界に生きる以上はそれが掟《おきて》だ。〈区外〉が富めば〈新宿〉も繁栄する。だが、〈区外〉の経済が退潮《たいちょう》を迎えれば、〈新宿〉もまた衰退《すいたい》の一途《いっと》を辿る。そして、〈区外〉の動向を支配するのはこの国ではないぞ。世界の落日は〈区外〉の、〈新宿〉の落日だ。そして、おれはそれを操作する力を持つ。梶原さん――あんたその肩書きから〈区長〉の名が消えるかどうかは、おれの一存にかかっているんだぜ」

「帰れ、この妄想《もうそう》野郎」

梶原は喚《わめ》いた。

「〈新宿〉が〈区外〉なしでは存在できない？　世界の動きに合わせて衰退する？　無知で出来た獣《けだもの》風情《ふぜい》が、聞いたふうな口をきくな。貴様らは、他の生命《いのち》を奪って生きていく化物《ばけもの》だ。野に生き野に朽《く》ちるのが宿命だ。〈新宿〉で生きるのはいいだろう。この街は、おまえらのようなものも拒否はしない。だが、図に乗るな。世界ごときを背景に、でかい面《つら》などすれば、〈新宿〉は決して許さんぞ。それを知らぬ田舎《いなか》者は、今すぐここを去るがいい」

この弁舌を〈区民〉が耳にすれば、梶原の〈区長〉の座は永劫《えいごう》に安定を誇るだろう。

コブラは立ち上がった。

「真《まこと》に残念――でもないな。おまえの主張が正しいか、おれの宣言が実《じつ》を持つか、じきにわかる。早ければ、今夜中にな。残された時間を大切にすることだ」

「やかましい。とっとと失《う》せろ」

忌々《いまいま》しい来客が去ると、梶原は秘書室へインターフォンをつないで、塩をまけと命じた。

すぐにインターフォンは秘書の声になって、

「総理と財務大臣と官房長官がお見えです」

と告げた。

「あいつら、つるんでやがるな」

梶原の青すじがぴくぴくと動き、

「今日は会えんと追い返せ」

こう叫ぶと同時に、彼はその場に崩れ落ちた。急性の脳溢血《のういっけつ》であった。

あらゆる状況に即応可能な秘書は、あわてることもなく、医務局の医師と連絡を取り、即〈メフィスト病院〉に一報した。

2

その日の正午過ぎ、〈山吹町〉の一医院から、派手な毛皮に身を包んだ女が現われ、タクシーを拾って、〈歌舞伎町〉へと向かった。

和田嘉彦医師の妻、千奈美《ちなみ》であった。患者たちが、どこの一流ホステスかと噂《うわさ》する色っぽい美貌《びぼう》は、白衣よりも、いま身に着けている毛皮とボディコンのスーツが一〇〇倍も似合った。

夫の和田が〈メフィスト病院〉にいるとの知らせを受けたのは、昨夜であった。すぐに駆けつけ、今は二度目の来訪だ。

だが、タクシーを降りたその足は、〈旧区役所通り〉の建物ではなく、通りを上がりきった左手に広がるホテル街へと向かった。

「ホテル・リムレス」

ルーム・ナンバーはわかっている。

六階の一室をノックすると、毛深い男の顔が覗《のぞ》いた。

厚い唇から露呈した二本の乱杭歯《らんぐいば》が、千奈美の呼吸《いき》を荒くした。

ドアを閉じると、千奈美は先に部屋へ入り、ベッドの前で立ち止まった。

期待に胸が疼《うず》いている。

背後から廻された手が、服の上から乳房に食い込んだ。身体《からだ》が震えた。

「おまえを抱くのは二度目だ」

男の声が首すじに食い込んだ。

「感じるか？」

と男が訊いた。唇には千奈美の血が妖《あや》しく付着している。

「おれたちの牙を一度突き立てられれば、どんな雌《めす》も次のひと咬《か》みを待ちわびるようになる。この欲望からは絶対に逃《のが》れられん。そして、最後の血の一滴、肉の一片を胃の腑《ふ》に収められるまで、欲望は鎮《しず》まることを知らん。だが、まだ早い。おまえはともかく、おまえの亭主にはもう少し役に立ってもらわねばならんのだ。代わりに、果てることのない肉の歓《よろこ》びと飢えを味わわせてやろう」

千奈美は立ったまま全裸にされた。

ビキニのブラを外し、細いパンティの紐《ひも》をほどくたびに、男は千奈美の肌に牙を立て、爪を走らせた。したたる血を、千奈美は乳房や尻に塗りつけた。血はいつまでも湧《わ》いて出た。

「ああ……もう」

千奈美はベッドへ移ろうとしたが、男は床の上に横たえた。

「もう欲しいか？」

「……まだよ、まだ」

千奈美は激しくかぶりをふった。

「つながる前に……もっと咬んで。牙を立てて。ああ、あたしのお肉を食べて頂戴《ちょうだい》」

「いいとも。何処がいい？」

男の爪の先は、乳首に食い込んでいた。

「最初におっぱいよ。それからお尻の肉」

「いいとも、いいとも。だが、胸を食いちぎっては、こちらにも不都合が生じる。今日は尻だけにしておこう」

「それでもいいわ。早く」

千奈美は自分から床に這って、尻を上げた。

白く大きな尻であった。千奈美は何度もふった。ふってせがんだ。

「早く、早く」

「よおし」

男は尻に顔を押しつけた。尻は期待に震えた。

長い舌が男の口から伸びると、千奈美の肛門《こうもん》をえぐり込んだ。

「ああーっ。そこは駄目。そこよりも、あそこへ――深く強く入れて」

男は淫《みだ》らな望みを叶《かな》えた。

男にとっては、最も自然な形だった。

押さえた尻へ、腰を叩きつける回数は、人間のレベルを超えていた。

千奈美は絶叫し、すぐに声を失い、尻を任《まか》せたまま失神した。

「尻ばかりでかくて、呆気《あっけ》ねえ女だ。物足らねえ。やっぱ、おっぱいの片方くらいちぎって持っていくか」

千奈美の裸体を仰向《あおむ》けにし、片手を右の乳房にかける。爪が血まみれの肉に食い込んだ。

指に力が伝わらない――そう意識した途端に、身体は前のめりになった。

麻酔ガスだ。

耳を澄ませた。

ドアの方から低い噴出音が聞こえた。鍵穴《かぎあな》だ。

男は呼吸を止めて待った。

二分ほどでドアが開き、装甲服姿に身を固めた男たちが入って来た。

手に手に軽機関銃《SMG》と衝撃波銃《スタン・ソニック》、ひとりは火炎放射器を担《かつ》いでいる。七名、ガスマスクは言うまでもない。

「運び出せ」

隊長らしい男が命じた。

二人が男に近づき、両肩を摑《つか》んで持ち上げた。

男は行動を開始した。

二人の首に腕を巻きつけ思いきり絞《し》め上げた。一発で頸骨《けいこつ》をへし折るところだが、ガスと装甲服が邪魔をした。

「起きてるぞ！」

背後で声が上がり、男の全身は痙攣《けいれん》した。衝撃波銃を食らったのだ。

両腕の二人が男を床へ放り出し、SMGを向けた。

射《う》つつもりはなかったが、あっても同じだったろう。

放り出されると同時に男は跳《は》ね起き、二人の顔面を叩いた。

顔は半分失《な》くなった。それは壁にぶつかり、飾りの仮面のように貼りついた。

「ガスは効《き》かなかったのか!?」

「衝撃波銃もいかんぞ」

「やむを得ん、射ち殺せ！」


男は牙を剝いて笑った。おれは不死身だ。しかも、〈新宿〉のエネルギーを吸い込んで、突然変異を起こしている。人間のやり方じゃ絶対に殺せない。

火線が走った。

SMGから排出《エジェクト》された空薬莢《エンプティ・ケース》が壁にぶつかって小さく鳴った。

男はひとりの右肩に食らいついた。ひと嚙《か》みで腕一本を食いちぎってしまう。

痙攣する身体を残る四人に叩きつけるや、よろめくひとりの首を手刀《てがたな》で刎《は》ねとばした。

「後退」

隊長が叫んだ。

「半田《はんだ》――火の用意」

「了解」

半田と呼ばれた隊員は、しかし、前へ出なかった。

廊下にとび出し、男を待つ。

男は用心するふうもなく後を追って来た。

炎の花が全身を包んだ。

一万二〇〇〇度――通常の四倍だ。肉も骨も焼ける前に溶ける。

男もそうなった。全身は形を失い、たちまち崩れ落ちていく。余熱で壁も燃えはじめた。

放射をやめたところへ、並ぶドアから客たちが顔を出す。

「出るな」

と隊長は叫んで、かたわらのひとりへ、

「消せ」

と命じた。

銀色の円筒が放られた。放出される二酸化炭素が急激に酸素を駆逐《くちく》し、炎の一角を真空状態に変えた。

「よし」

床に広がった液状の死骸《しがい》を見下ろし、隊長はうなずいた。

「持って帰るぞ」

副長らしい男が近づき、

「合格点ですか」

と言った。

「ああ。どうせ死にはせん。アジトを吐かせるくらいはできるだろう。しかし、いつまでかかるか」

「急ぎましょう。前の奴は八つ裂きの状態から二分で復元しました」

「そして、逃亡した。行先はこいつに問い質《ただ》さねばならん。しくじったら、任務から外されるぞ」

「山路課長は許してくださらんでしょうな」

「収納完了」

と隊長が言った。両手に人狼の残骸《ざんがい》が入ったプラスチックの円筒を持っている。

「女はどうします？」

副長が、院長夫人が残る部屋のドアへ顎《あご》をしゃくった。

「放っておけ。情事の相手が途中で消えただけだ。

何も変わらん」

「了解」

〈新宿警察〉SPの精鋭たちは、風のようにラブホテルを去った。

タクシーが停《と》まったのは〈戸山住宅〉の入口であった。日暮れどきである。

客が降りるや、虚空《こくう》から舞い下りた影が取り囲んだ。

悲鳴に近いエンジン音を残してタクシーが走り去ると、

「いい度胸だ」

と影たちのひとりが言った。

「コブラと〈獣王〉――よく我らの時間にやってきた」

客が、にやりと笑った。コブラの面影《おもかげ》が浮かび、別の顔になった。〈獣王〉のものだ。

「訪問の礼儀だろう。もっとも、昼だろうと夜だろうと、おれにとっては同じことだ」

言い放った。ずわ、と殺気が影たちをつないだ。

どれも黒ずくめの――血の気を失った顔の中で唯一《ゆいいつ》色彩のついた朱唇《しゅしん》から、白い牙が覗いた。

言うまでもない、〈戸山住宅〉の住人――吸血鬼たちだ。

しかし、ここは宿敵の巣だ。人狼のリーダーともいうべき〈獣王〉が訪れたのは、コブラの意思によるものだろうが、訪問の目的は？　たとえ不老不死の圧倒的な自信があろうと、夜の住人たちもまた不死身だ。生還は保証し得ない。

「夜香に会わせてもらおうか」

堂々と言い放った。

勿論《もちろん》、想定内の要求だから、住人たちの返事も前もって決まっていた。

二メートル近い長身の影が、首から巻いていたものを持ち上げ、じゃらんと下ろした。太い鎖《くさり》であった。

「これを使わせてもらう。よろしいな？」

「夜香の指示かな。用心深いことだ」

「夜香さまは、すぐにお通ししろとの意向だ。これはあくまでも、我々の考えによる」

「下《した》っ端《ぱ》の要求に従う義務はあるまい——退《の》け」

〈獣王〉は言い渡した。堂々たる一喝《いっかつ》に、影たちは顔を見合わせた。〈獣王〉の圧倒的な貫禄は、彼らを呑《の》み込んだだけではなく、粉々に噛み砕《くだ》こうとしていた。

「——だがな」

〈獣王〉は、にやりと笑った。

「ここで下っ端相手に時間を食っても仕方がない。よこせ」

唸《うな》りとともにとんで来た鎖は、蛇体《じゃたい》のごとく彼の右腕から上半身に絡《から》みついた。〈獣王〉がバランスを崩す。

「三倍の重さになる術をかけてある。人狼の王でも楽には走れんぞ」


影が笑った。

「これしき」

〈獣王〉は歩き出した。

影たちは音もなく跳ねとんで道を開けた。

一同は北の外れの一棟に入った。

会議室をぶち抜いたものか、三〇〇畳を超す空間が現われた。

シェードとカーテンが下りた窓以外は何もない。虚空のような部屋であった。天井は闇に溶けていた。

〈獣王〉は鎖を引きずりながら、部屋の真ん中まで進んだ。

天井を見上げて、

「夜香いるか？〈獣王〉とコブラがやって来たぞ」

と叫んだ。木魂《こだま》が幾重《いくえ》にも響き返した。

それが熄《や》んでから、天井の一部が闇から抜け出して、薄明《はくめい》の床に舞い下りた。

長く広い翼を備えた影は、確かに蒼《あお》いマント姿の人間だった。

夜香。

「鎖の鎧《よろい》を着けてまで、敵地の只中《ただなか》へやって来るとは、さぞや重大な用件だろうと察するが」

夜の貴公子は、冷え冷えと獣人を見つめた。

「二人きりで話がある」

「これは失礼――当然だ」

夜香が片手を上げるや、周囲の影たちは戸口と天井へと消えた。

「確かに」

と〈獣王〉が認めた。臭いと気配の完全な消失を認めたのである。

「用件を聞こう」

「おれと組め」

「もう一度」

「おれの仲間になるんだ、夜香」

「なってどうする？〈新宿〉征服に乗り出すか？また新しい墓石に、愚《おろ》か者の名が刻まれるだけだ」

「考えてみろ。この街くらい、おれたちに向いた街があるか？闇は何処よりも深く、昼の光は地下の柩《ひつぎ》まで届かない。住人どもは会話の代わりに呪文《じゅもん》を口走り、ペットたちは野獣に変身する。ここはおれたちの世界だ。それなのに、おれたちは、軽いヤンチャをしただけで人間どもに追われ、焼かれ、殺される。おまえの仲間がひとりとしてそんな目に遭《あ》わなかったとは言わさんぞ。おれたちのための世界で、なぜそんな扱いを受けねばならん？この街が出来たとき、駆逐されるのは人間のほうだったのだ。私は長い間、そのことを考えていた。人間たちと平和な挨拶《あいさつ》を交《か》わし、食事をともにし、町内のバザーに出店しながら。だが、それももう限界です。私たちには人間に勝《まさ》る不老不死の力がある。彼らもそれを求めているじゃありませんか。なら、これを彼らの頭上に翳《かざ》し、乞《こ》い求めさせて何が悪いのです。考えてごらんなさい。石油メジャーに石油の値段を決められていた産油国が、自分たちの力でその権利を勝ち取ったとき、いかに富みはじめたか。人間は私たちの血を求め、ひれ伏すのです。その時を一日でも早くするために、夜香よ、私と手を結んでください」

〈獣王〉の顔はコブラのそれに変わっていた。漲《みなぎ》っているのは自信だった。今の内容を、彼は自ら信じきっているのだった。

夜香の返事はすぐに伝わった。

「断わる」

3

〈獣王〉は眼を閉じ、腕を組んだ。鎖がガチャガチャと鳴った。

音の余韻《よいん》が消えると、ゆっくりと眼が開いていった。血の色をしていた。

「そう言うだろうと思っていた」

低い声に、空気の成分が変わりそうな狂気がこもっていた。コブラの声ではなかった。

「人間に飼い慣らされた裏切り者――おれがただの話に来たとは思っていまいな？」

「その鎖は重いぞ」

と夜香は静かに応じた。

「だから持って来た。手頃な品だ」

ブン！　と空気を押しつぶしながら、夜香を守るための錘《おもり》は、殺害の凶器と化して顔面を襲った。

奇怪な音が、血霧《けつむ》と化してとび散った。

顔を失った夜香が仰向けに倒れ、床と平行になった位置で停止した。

起き上がった顔は元に戻っていた。

「それは我々に対する武器にはならない。だが、これはどうだ？」

夜香は前へ出た。

鎖が廻った。

襲いかかるそれを、夜香は左手一本で受け止めるや、軽く手前へ引いた。

〈獣王〉の手の肉を毟《むし》り取りながら、鎖は奪い取られた。

うねった。

胸部で二つになった〈獣王〉の上半身は、三メートルも舞い上がってから、血しぶきをとばして床に落ちた。

「人狼には効きそうだな」

夜香は微笑した。

「この街は救いの街だ。人間と魔性《ましょう》が争いつつ融《ゆう》和《わ》しつつ生きていくために生まれた土地だと、私は思っている。それを破壊する企《くわだ》てでも、企てる者も許すわけにはいかん。今夜中に、ここよりふさわしい場所へ送ってやろう」

床から生《は》えた胴体が、

「できるか、夜香?」

と訊いた。

「おれも不死の身だぞ」

「マチルダ」

夜香は右手を上げた。

天井から白い塊《かたまり》が着地し、全裸の女に化《ば》けた。

「我々も、夜のガードマンや夜警のバイトで日々を送っているわけではないぞ。〈戸山住宅〉の住人が生み出した番犬の力を見るがいい」

夜香は指をさした。その先にあるものへ、女はうつ伏せた白い肉体を向けた。

白い毛並みが、全身を埋めた。

耳まで裂けた口が牙と舌を露《あら》わにした。

その牙が喉笛《のどぶえ》に食い込み、肉も血も咬みちぎるのを、〈獣王〉は止めることができなかった。

女の牙は彼の頭蓋《ずがい》を砕き、頭部を食いちぎり、一分とかけずに全身を食い尽くしてしまった。まさか、吸血鬼が獣人を造り出そうとは。

「吸血鬼は吸血鬼に、獣は獣に——これが戦いの真理だ。仲間に食われれば悔いなく彼岸《ひがん》へ旅立てよう。マチルダ、ご苦労だった」

天井を指さしたのは、戻れという指令だったろう。

女は動かず、血まみれの唇と同じ色の眼で夜香をねめつけた。

声もなく地を蹴《け》った。身体は、しかし、夜香の位置だけを貫《つらぬ》いて床に落ちた。

「憑《つ》かれたか、マチルダ」

夜香の声は三メートルの虚空から聞こえた。

「そのとおりだ」

背後からの声が、コブラのものだと気づいたとき、夜香の心臓は背中から刺さった杭《くい》に貫かれていた。

「おおおおお」

これが吸血鬼の王の苦鳴《くめい》か。

どっと地に落ちた腕は床をかき毟り、足は石を蹴って、明らかな断末魔《だんまつま》の相を見せていた。

「戦い、敗れるたびに、私は強くなる」

床の上で、苦しみ抜く吸血鬼の王を冷たく見下ろし、〈獣王〉の衣服をまとったコブラは、もはや影の存在を脱して、妖《あや》しく笑った。

「女――食い尽くせ」

マチルダが躍《おど》った。

コブラへと。

「莫迦《ばか》者」

右手のひとふりで美女の首を刎ねとばし、蛇の名を持つ獣《けだもの》は、

「やはり、とどめは現代科学か」

彼は手の中に黒い円筒を吐き出した。夜香を貫いた杭もここから出て来たのだ。

「吸血鬼は炎に弱い。映画でもよく焼かれて死ぬ」

円筒の中身はテルミットであった。

のたうつ夜香を六〇〇〇度の炎が包み、骨まで焼き崩した。

「他愛《たわい》もない。不老不死だが、弱点が多すぎる。聖水、十字架、楔《くさび》に炎」

「炎は入らん。映画の見過ぎだ」

愕然《がくぜん》と宙を仰いだコブラの眉間《みけん》に、長い鉄の矢が

射ち込まれた。

「チャン——麻酔を切らせるな」

と奥の闇に命じ、なおも燃えつづける自分を、夜香は忌《い》まわしげに見つめた。

「ドクター・メフィストの手になるダミー——さすがによく出来ている。では、尋問にかかるかな」

一時間とたたぬうちに、夜香からの連絡を受けたせつらとライガが駆けつけて来た。

「さすが、夜香師父《しふ》」

全く感情のこもらぬせつらの讃辞《さんじ》に、夜香は青白い頬を朱色に染めた。

へえ、という表情で二人を見つめるライガは無視して、

「お訊きになりたいこともあると存じまして」

「山ほど」

せつらは答えて、地下の一室に大の字に吊《つ》るされたコブラを眺《なが》めた。手枷《てかせ》足枷と鎖が天井と床から彼を支えている。

「相当やったな」

せつらが柳眉《りゅうび》をひそめた。

床は血にまみれ、コブラの内臓は足下に山積みだ。

「無茶をするな」

せつらが口にしたのは、しかし、咎《とが》めではなかった。感嘆だ。その気になれば、世にも美しい若者は、この万倍も惨《むご》いことをする。

「死ななければ何をしても同じです」

と夜香は冷たく言った。壁に燃やされた古風な篝火《かがりび》の炎がつける影が、吸血鬼の総帥《そうすい》を異様なものに見せていた。

「私の尋問は、彼の仲間に関してです。麻酔を射てば催眠法が使いやすくなるはずですが、さすがというか、一切《いっさい》口を割りません」

「その辺は〈区長〉が考えるだろう。僕の仕事は終わりだ——コブラに関しては、ね」

「仰《おつしや》るとおりです。いま報酬《ほうしゅう》をお支払いします」

「経費だけで結構」

「そうはいきません」

「彼は自分からとび込んで来た。僕が追いつめたわけじゃない」

「承知しました。ですが、もうひとりのほうはお受け取りください」

無惨《むざん》な眼差《まなざ》しをコブラに送っていたライガが、はっとこちらを見た。

「彼は目下《もっか》、僕の居候《いそうろう》——というか助手。渡すわけにはいかない」

「コブラを捕らえた以上、もはや用済みと存じますが」

「勝手なごたくを並べるなよ、中国の色男」

ライガが歯を剥いた。眼は血光《けっこう》を放っている。

「おれに何の用がある?」

「人狼の類《たぐい》はすべて抹殺《まっさつ》する」

せつらが、ちらと夜香を見て、

「それは困る」

「お言葉ですが、そのつもりでお連れになったのでは?」

「ノン」

「それは困りましたね。しかし、我々としても、この街の存亡を懸《か》けた敵のひとりを放置しておくわけには参りません」

「それは困った」

せつらがつぶやくと、ライガが前へ出た。

「どうしてもと言うんなら腕ずくだ。おれは構わねえぜ」

「まあまあ」

と割って入りながら、せつらも危《やば》いなと思っている。さて、どっちに付くか。

そこへ、第三者の介入があった。

夜香は携帯を取り出して耳に当てた。

「これは〈区長〉——今どちらですかな?」

ここで向こうの言い分を聞いて、

「では」

と切った。

「門の前に〈区長〉がいらしてます。知らせたのですか？」

「誤解」

「そうそう」

せつらとライガである。

数分後、二人は石の応接間で、夜香と梶原と向き合っていた。

梶原がここを訪れたのは、護衛役のSPが〈獣王〉を発見、ドローンを使って後を尾《つ》けたためである。いわば偶然の産物だ。

「まさか、ここで逮捕できたとは、今も信じられん思いだよ」

梶原はドアの方に眼を走らせた。追尾《ついび》したSPの他に、追加したSPが二〇人以上、特殊武器と――兵器――を手に待機している。次の仕事は、無事梶原を庁舎か自宅へ送り届けることだ。

「そこで相談だ。コブラは〈区〉の手に委《ゆだ》ねてもらいたい」

「それは――およしになったほうが」

夜香の意見に、二人が同意した。

「そうそう」

「身のためだぜ」

せつらとライガである。内臓を抜かれて宙吊りにされた男の恐ろしさを、彼らは知っているのだった。

もうひとり――

「お任せいただきたい」

と夜香も言った。

「あの状態ですら、彼は超一級の危険人物です。失礼ながら、人間の手には余ります」

「そうそう」

「わかってるねえ」

「だが、こちらにも尋問したいことがある」

不平面の梶原へ、夜香が、

「その内容をお教えいただければ、こちらで担当いたしますが」

「いや、これは機密事項だ」

「水臭い」

ちら、と流し目といってもいい眼つきで見られ、梶原は赤くなった。

「お安くねえなあ」

ライガがわざとらしく大きな声で当てつけてから立ち上がった。

「おれは出てるぜ。後は、任せたよ」

出て行ってしまった。

梶原は、やや高圧的に、

「やはり、ここは引き取らせてもらわんと」

背後関係を調べて恫喝《どうかつ》し、大枚《たいまい》をせしめるつもりである。

「お言葉ですが、我々の手を離れたら、その場で逃亡するでしょう」


夜香は大反対である。

「我が〈区〉の力を侮《あなど》ってもらっては困るな。〈警察〉には、それなりのやり方と装置が備わっておる。妖物に対しても充分に通用するはずだ」

「失礼ながら、それはあまりにも希望的観測でありすぎます。不老不死の生命には、いかなる拷問《ごうもん》も通用しません。しかけるほうが疲れ果てるのが関の山です。ましてや、人狼は目下、〈新宿〉にとって最大の逆賊《ぎゃくぞく》です。一刻も早く根絶《ねだ》やしにすべきでしょう」

「では、何のための拷問かね？」

「彼らの仲間の正体と数を知らねばなりません。敵の眷族《けんぞく》は一匹残らず処分しなくては、望む平和は来ないのです」

せつらは少し呆《あき》れていた。

爛々《らんらん》とかがやく赤眼《せきがん》、二本の牙、全身から噴出する妖気——はじめて見る夜香だったかもしれない。

「だが、彼らで終わるという保証があるかね？　ありはせん。〈新宿〉が〈新宿〉である限り、その持つ〝力〟を狙《ねら》って〈区外〉の連中は暗躍を続けるだろう。人狼はその中の一派に過ぎん。だが、〈区外〉の敵は、まずそう変わりはあるまい。恐らく、敵はこの世界で最大最強の一団だ。その正体を暴《あば》き、弱点を知悉《ちしつ》すれば、次からの戦いは格段に楽になる。だが、それはあくまでも〈区〉の機密事項なのだ。一般には公開できん」

一般、と夜香の唇が動いた。

「わかりました——お任せします」

「よろしい、グーっグーっ」

梶原は両手でVサインをこしらえ、左右に振って見せた。このあたりが六期当選の秘密かもしれない。

「移送車を用意したまえ。我々のほうからも一〇人護衛につけるのだ」

夜香が闇の奥へそう命じたとき、戸口から別の闇の気配が入って来た。

「コブラが脱出しました。手引きをしたのは——秋さまの同行者です」

ライガ。

「ど、どういうつもりだ、秋くん!?」

激昂する前に呆れ返った梶原へ、せつらではなく、

「同病相憐《どうびょうあいあわ》れむ——やはり同族意識というのは強固なものですな。見ず知らずの味方より、素姓《すじょう》のはっきりした敵のほうが大事なのですよ」

夜香の声は闇の中を遠く流れた。

第九章　ツー・マインズ・イーター

1

ライガは〈早稲田大学〉の構内にいた。早急に脱出するつもりだったのだが、コブラが拒否したのである。

「当てがあるのか？」

「キャンパスへ入れ」

「マジかよ。人がいるぜ」

「私は、この街に関しては、おまえより×年もベテランだ。本による知識だけどな。大隈《おおくま》講堂の方へ行け」

「わかったよ」

　肩を貸した状態で、ライガはコブラを移動させた。コブラの不死身の身体《からだ》も、夜の生きものたちの責めからは、早々の回復は望めないらしかった。四《し》肢は全く動かない。

「何故《なぜ》、私を助けた？」

「吸血鬼てのが性《しょう》に合わないのさ」

「そいつはよかったぜ」

　講堂の前に来た。ライガは無人だと言ったが、人影はあった。夜店みたいなものも出ている。時たまいる観光客を狙《ねら》っているのだろう。

「右端の焼肉店へ行け」

　煙と脂肪を焼く匂いは、通りへ入る前から二人の鼻をくすぐっていた。

　二人が近づくと、金串《かなぐし》に刺した牛肉をガスレンジで処理していた中年男が気づいて、

「こりゃ、コブラさん」

「西園寺《さいおんじ》――保険を受け取りに来た」

「お待ちしてましたよ」

　男はレンジの下から黒い布を畳《たた》んだような品を取り出した。

「栓《せん》を抜けば空気が入ります」

「感謝する」

「いいえ。たんまりいただいていますのでね」

ライガがやって来た方角をふり返って、

「来たぞ」

と言った。

街灯の下を、数個の人影がやって来る。足音も立てない。〈戸山住宅〉の連中だ。

「夜は、こっちの分《ぶ》が悪い。行くぞ」

ライガは少し先のスペースまで歩き、布の栓を抜いた。

音も立てずに、闇の中に闇色の気球が形を取った。

「乗った乗った」

下方のゴンドラにコブラを放り込み、自分も乗って、ガスバーナーを調整する。すぐに浮き上がった。学生たちの歓声が届いた。

黒い影たちが離陸場に集合したとき、二人は闇の上空二〇メートルを支配していた。

「何処《どこ》へ行く？」

「〈亀裂〉だ。いちばん近いところへやれ」

「助けてもらったくせに偉そうなヤローだな」

ぶつくさ言いながらも、ライガはバーナーの燃焼度と噴出孔を器用に調整し、順調に目的地へ進んだ。

〈亀裂〉の上空まで来たとき、

「おやおや」

とライガが眉《まゆ》をひそめた。

床にへたり込んでいたコブラが、

「どうした？」

「ひとつ忘れてただろ？」

「何をだ？」

「あいつら、空も飛べるんだぜ」

闇の虚空《こくう》の後方二〇〇メートルから、猛烈な速度で接近する小さな影たちを、ライガの眼は見抜いていたのである。

声はない。

羽搏《はばた》きのみだ。

明らかに蝙蝠《こうもり》と思《おぼ》しいその影集団は、たちまち距離を詰め、一気に襲いかかって来た。

小さな牙《きば》が二人の頭から、喉《のど》へと食い込んで来る。

「危《やば》いぞ、こいつら吸血鬼だ」

片っ端から素手で叩《たた》き落としながら、ライガは操縦をやめなかった。

傷口からは血が噴《ふ》き出し、しかも、

「止まらねえ!?」

二人はまさしく血にまみれた。

「真上だ。急降下するぜ!」

ライガは叫ぶや、返事を待たず、バーナーの噴出孔を上方へ向けた。

炎が球皮に燃え移り、それはゴンドラを先頭に、石のように黒い裂《さ》け目《め》へと落下して行った。

羽田《はねだ》に降り立った自家用ジェットは、通常の航空機としか見えなかった。

だが、持ち主は入管など通らず、特別人用のゲートから入国するや、待たせてあったリムジンに乗り込んで〈新宿〉方面へ向かった。前後に二台の護衛車がついた。

〈四谷《よつや》ゲート〉の手前で、持ち主は車を停《と》めさせ、〈亀裂〉の彼方《かなた》に広がる街並みを眺《なが》めた。

「大したところではないな。景気操作をひと月も続ければ、餓死者が続出するだろう」

恰幅《かっぷく》のよい白髪の老人はリムジンに戻ると、興味など最初からなかったかのように、眼を閉じた。

リムジンは〈靖国通り〉を〈新宿駅〉方面へと向かい、〈新宿ピカデリー〉の地下駐車場へ入った。

「どうします?」

運転手が訊《き》いた。ここへ入ったのは持ち主の指示である。そして、彼もまた意味があっての行動ではなかった。ここへ入ったのは、気まぐれの指示であった。

「ひと廻《まわ》りして出ろ」

「はい」

リムジンは、数台しかいない広大なスペースをゆっくりと廻りはじめた。

もとの出入口の前へ来たとき、動かなくなった。

「どうした？」

「エンジンがひとりでに止まりました」

運転手の声は緊張していた。

「そんな莫迦《ばか》な――」

と言ったとき、車載電話が鳴った。

恐怖が持ち主を捉《とら》えた。そのナンバーは、この街の誰ひとり知らぬはずであった。

「車を降りて待て」

ひとことで切れた。

持ち主が従うと、前方の闇の中から、長身の男がひとり現われて、

「コブラだ」

と名乗った。

車の持ち主は無表情に、

「トマス・ノリガンだ。会うのは初めてだな」

「クレームがあるそうだな。聞こう」

「こんな、貧乏刑事が三流情報屋からネタを仕入れるような場所で、メディシン・コーポ《MC》の代表が話し合いをするとは、な」

「ここへ来たことは、極秘だろうな？」

「無論だ。替玉はカンヌにいる」

「あんたが来たことは、もうこの街の誰もが知っている。必要とあれば、誰もが石をぶつけるぞ。クレームを言え」

「君が、わしらに送った人体実験用の人狼《ひとおおかみ》のDNAが、どうしても人体に移植できんのだ」

「そんなはずは――ここでは成功している」

「こちらでは一万回試して全部失敗だ。君の主張を信じるとなると、場所が違うせいだと考えるしかないが」

「それだ」

コブラはうなずいた。

「だが、それでは納得できんぞ。この街限定の不老

不死では意味はない」

「わかっている。移植のみここで行なってから、〈区外〉へ出せば、要求は叶《かな》えられるはずだ」

「いいや、すべては外で行ない、成功しなければ、我々は手を引く――それが今回の結論だ。我々は世界を動かそうとしている。それだけの価値があると信じてな。だが、失敗という可能性がチラつきはじめた以上、手を下す前にあらゆるプロジェクトを中止させねば、たとえ一日でも出て行く金は、天文学的数字になる。第二次世界大戦の全費用を二四時間で使い尽くすとは、どのようなプロジェクトになると思うかね？」

「たとえ、宇宙全体を破壊するだけの金がかかっても、不老不死の秘密には代えられぬはずだ」

「その不老不死に疑念が湧《わ》いておる。わしがこの街へ来たのは、その一点を確かめ、出資者たちを安堵《あんど》させるためだ」

「では、具体的な要求を聞こう」

「簡単だ。わしを不老不死にしてもらおう」

「――よかろう」

「ただし、時間がない。この国の時間で明日の正午までだ」

「承知した」

コブラは白い歯を見せた。肉食獣の牙である。

「いい歯並みだ。わしもそうなりたい――では、ホテルで連絡を待つとしよう」

「厄介《やっかい》なことをぬかしやがる」

ノリガンが去った後、〈靖国通り〉へ出て、コブラは牙を剝《む》いた。

「とはいうものの、〈区外〉の技術ではやはり無理だろうな。ここは〈新宿〉の切り札に登場してもらう他はない」

「ドクター・メフィストなら入院中だぞ」

とコブラは別の声で言った。ライガのものだ。

〈獣王〉の身体には二つの精神が宿っているのだっ

た。否、〈獣王〉を含めれば都合――三つ。

「今になってみると、おまえがメフィストを害したわけがわかる。これをさせぬためか」

「さあて、どうかな。忘れちまったよ」

「忘れてもいいが、邪魔はするな」

「はん？」

「とぼけるな。〈獣王〉の身体に同体しても、私たちが敵同士だという事実は変わらん。だが、先に入っていた分、私のほうが強い。余計な真似《まね》はするな」

「さて、な」

「おまえを消さないのは、〈亀裂〉に落ちたとき、助けられた借りがあるからだ。大人しくしていたまえ」

　コブラがこう言うと、ライガは呻《うめ》いた。それはすぐ低くなって消えた。どうやら〈亀裂〉へ墜落したとき、合体したらしい。

「それでいい。では、貴様がやらかした愚行のつけを払ってこよう」

　院長先生に診《み》てもらいたいと申し込むと、受付の娘は、いま出張中ですと告げた。

　患者は咳《せ》き込みながら、わかりました、地下で先生の教えを受けた者だとお伝えください、と告げて、それ以上は求めず離れた。

　離れはしたが、去りはしなかった。

「ライガは斃《たお》したと言うが、〈魔界医師〉がそうやすやすとこの世を去るとも思えん。自分の病院に身を隠したか。〈新宿〉一、確実な隠《かく》れ家《が》はここだ」

　彼は院内出店している花屋で、ひと束《たば》買ってから、ロビーの患者たちの間に紛《まぎ》れ込み、音もなく院内へ滑《すべ》り込んだ。見舞いは自由だから、怪しむ者はない。

　彼はトイレへ入り、白いスプレーを取り出して、鼻先に噴きつけた。霧状の液体は、嗅覚《きゅうかく》拡張剤である。

すぐに唇を歪《ゆが》めて、

「うおお、効《き》くぞ。脳が爆発しそうだ。こんなところは早いとこ出るに限る」

トイレから廊下へ出て、しかし、彼――コブラの両眼は爛々《らんらん》とかがやきはじめた。

「おお、おお。摑《つか》んだぞ、匂いのない匂いを。これこそが、ドクター・メフィストの匂いだ、そうだろう、ライガ?」

「当たり」

と訊いたのも答えたのも、コブラ自身だから、見た者がいたら、精神科だなこりゃ、と思ったに違いない。

花束を手に歩き出した足取りは、訪れる場所も知らないような覚束《おぼつか》なさだったが、奥へと行くにつれて早足へ、さらに疾走《しっそう》へと移った。

気がつくと、黒い扉の前に立っていた。

「はて、どうやってここまで来た?」

本当《まじ》に覚えていないらしい。


黒い扉こそ、〝〈西新宿〉のせんべい屋〟以外、自由に到達できる者はないと言われる〈メフィスト病院〉の〈院長室〉であった。

「やはり、しくじったか、ライガよ」

とコブラは重苦しく言った。

「ドクター・メフィストは病室になどいない。この扉の奥だ」

返事も待たず、彼はドアノブを廻した。

抵抗なく廻った。

押し開けるのも滑《なめ》らかであった。

青い光に満ちた室内は、不思議とよく見えた。

〝流れ水〟を渡った向こう――黒檀《こくたん》の大デスクの前に白い影が腰を下ろしていた。

「ライガの阿呆《あほ》が――何が始末した、だ」

吐き捨ててから、コブラはにやりと笑った。

「だが、こちらは大助かりだ。ドクター・メフィスト、私は人狼の一族の頭《かしら》だ。コブラという。力を貸してもらいたい」

「事情は耳に入っている」

白い医師は静かに言った。青い空気にふさわしい口調と、何よりもその美貌《びぼう》。剛毛に覆《おお》われたコブラの顔は、はっきりと赤らんでいた。

「だが、引き受けはいたしかねる。極《きわ》めて恣意《しい》的な理由だが」

「この街に食肉センターは作りたくない、と？」

「左様《さよう》」

「では、この提案は引っ込めよう」

コブラはあっさりと言った。

「だが、あなたには協力を仰《あお》ぎたい。我々の生命を人間にも付与《ふよ》することができるのは、この世にドクター・メフィストをおいてない」

「不死の人間を作れということか？」

「そうだ」

自分を見つめる神秘ともいうべき黒瞳《こくどう》から、コブラは眼をそらした。何か途方もなく不気味なものを見たのである。永劫《えいごう》に続く不気味なものを。人はそれを知ってはならないのだ。

異形《いぎょう》のものも。

幸い、次の言葉を口にする者は、白い医師であった。待てばいい。

「よかろう」

とメフィストは言った。

「ただし、君たちのどちらかは犠牲にならねばならん。術式を可能にするには、それが最大の条件だ」

驚きがコブラ——とライガを捉えた。

この医者は、私が二人だと見抜いていたのか？それよりも、私たちは犠牲になりたくてもなれない。そして、本当に人間《ひと》を不老不死に変えるつもりなのか？

「わかった。任《まか》せてもらおう」

「被験者は？」

「〈区外〉の——外国人だ。もう〈新宿〉に来ている。いつ連れて来ればいい？」

「これから、すぐ」

「――わかった」

「では――行きたまえ」

メフィストは、コブラがやって来た扉の方を指さした。

そこを出て、はたして元来た場所へ帰れるのかどうか、コブラには自信がなかった。

2

〈亀裂〉を渡ったときから、〈新宿警察〉と〈区役所〉の「入出街《がい》局」は、その男に注目していた。監視カメラがその顔を映し出し、コンピューターが身元を確認すれば、〈警察〉と〈区役所〉――つまり〈新宿区〉の対応は決まる。

今回は、

「挙動不審の場合、逮捕して目的を自白させる。抵抗した場合は、容赦《ようしゃ》なく処分する。処理は、当局の関与を片々《へんぺん》もうかがわせることなく、事故か、暴力団同士の抗争に巻き込まれたものとする」

だから、この外国人が〈新宿駅〉近くのホテルから野性味たっぷりの男と現われ、〈メフィスト病院〉の救急センターの出入口へと吸い込まれるまで、監視の眼は冷たく彼を凝視《ぎょうし》していたのである。

それから――

外国人は、待ち構えていた他の誰もその顔を知らぬスタッフによって、地下通路を通って、〈特別病棟〉に入れられた。

次にそこを出るまで、ドクター・メフィストは、彼に付き添う野性的な男のかたわれに、世にもおぞましいテストを繰り返すことになるのだった。

〈戸山住宅〉で、ライガと〈獣王〉――コブラの〈亀裂〉への墜落を聞いてから、せつらは家へ戻った。

「彼らはまた戻って来ます。そのときお目にかかりましょう」

夜香の眼には、せつらの美貌に対する恍惚《こうこつ》と、哀《あい》訴《そ》に似た感情が流れていた。それは、次の台詞《せりふ》に具体化した。

「彼ら二人の捜索もまたよろしく」

せつらは引き受けた。

帰宅の道すがら、彼は捜査法のあれこれを考えることに費《つい》やした。

結論は出なかったが、〈十二社《じゅうにそう》〉のせんべい店の前に、黒いスーツの女が立っていた。

「おやおや」

「お久しぶり――でもないわね」

西夜は例の神秘めいた笑《え》みを見せた。

「お入りなさいと言ってくれないの?」

「帰りたまえ」

「ご挨拶《あいさつ》ね」

「どうも正体がわからない」

「じきにわかるわ。ライガと〈獣王〉は、異国のVIPを送り届けて、いま〈亀裂〉にいる」

「じゃあ」

背を見せるせつらへ、

「今は放っておきなさい。最後の日のための準備が必要なのよ。させてあげなさい」

「人狼は〈区民〉を餌《えさ》にするつもりらしい」

「気になる?」

西夜の笑みは深くなった。

「仕事でね」

「はい、正解だわ」

西夜は小さくうなずいた。

「――でも、逃げはしない。敵に塩を送る余裕も必要よ。今夜は放っておきなさい」

「〈亀裂〉の何処に?」

「人狼たちが隠れていた遺跡よ」

せつらは地を蹴《け》った。

舞い上がった身体を、西夜は黙って見送り、その場に立ち尽くした。

二〇分ほどして、タクシーがやって来て、西夜の前に停まった。

せつらが出て来た。

「どうしたの？」

「あそこは埋められていた。というより、最初から岩壁しかなかった」

疲れたような答えであった。

「あらあら」

「人狼たちにできる芸当だったとは思えない。君か？」

「どうかしら。絶望のあまり、タクシーを使ったの？」

せつらは、欠伸《あくび》をひとつしてから、家の方へ向かった。タクシーは走り去っている。

垣根《かきね》の前でふり向いて、

「尾《つ》いてくる」

と指摘した。西夜のことだろう。

「追い帰す？」

いつものせつらなら、そうする。


だが、今夜は――

「布団《ふとん》って、はじめてだわ」

西夜は真上を見つめていた。

「天井しかないよ」

かたわらのせつらが言った。身体はもう離れていた。唯一《ゆいいつ》、触れ合っているのは肩であった。そこでぬくみが往《ゆ》き交《か》っている。

「見てはいないわ。聴《き》いているの」

「何を？」

「〈新宿〉の声と音」

「どんな？」

「死者の怨《うら》みの声。今も少しずつ裂けていく〈亀裂〉の音。流砂《りゅうさ》に呑《の》み込まれる死者の叫び。白い院長の病院で人を裂くメスの呻《うめ》き。臨終の床をめざす風の歌声。そして、……」

「そして」

「――狼の遠吠《とおぼ》え」

「…………」

「聞こえる？」

「ああ」

「そんなに話を切り上げたい？」

「――たまに」

間が空いた。

「時々、考えることがあるの。あなたと白い医師《ドクター》と、どちらが〈新宿〉なのかって」

「もう寝たら？」

「うるさい？　面倒臭《めんどくさ》い？　どうでもいいこと？」

「どちらでもいいこと」

「やっぱり」

西夜はせつらの方を向くと、その手を胸に滑らせた。あたたかいような、冷たいような気もした。それまでの行為のときと比《くら》べてどりなのか、せつらにはよくわからなかった。

遠くで救急車のサイレンが聞こえた。それが遠ざかって行くのを感じながら、せつらは眠りに落ちた。

眼が醒《さ》めると、左横にひとり分のスペースが空いていた。

ドアのロックは解かれていた。

狐《きつね》色のトーストに、五ミリもバターを塗り、一センチもあるロースト・ポークを挟んで朝食を済ませてから、せつらは〈亀裂〉へ向かった。

エレベーターを使わず、妖糸《ようし》に身を預けてとび下りた。

人狼の巣に近い遺跡へ入った。

巣への通路は昨日と同じく塞《ふさ》がれていた。

「やはり、駄目か」

つぶやいたとき、携帯が鳴った。

せつらの眉がやや上がった。驚きの表現だ。〈亀裂〉で電話がつながるなどというのは前代未聞《ぜんだいみもん》だった。

耳に当てた。

〝上手《うま》くいきそうかな、ドクター？〟

コブラの声だった。

〝不明だ〟

メフィストの応答はにべもない。

〝生命《いのち》をひとつ与えて、失敗したでは済まん。あとで必ず礼をする〟

そこで切れた。

電波異常が生じたらしい。

「〈亀裂〉の成《な》せる業《わざ》」

せつらはつぶやいて、そこを出た。

〈メフィスト病院〉に到着したのは、一一時少し前であった。

受付で居場所を尋《たず》ねると、

「昨日から、特別手術室に詰めています」

「見学」

「困ります」

「了解」


せつらはロビーへ戻り、知らん顔で院内へ入った。監視カメラが追っているはずだが、保安員は、駆けつけて来なかった。

〈特別病棟〉は、〈病院〉――〈元区役所〉の裏庭にあるのだが、無論、そんなスペースは存在しない。だが、せつらはメフィストとともに何度も顔を出したことがあるし、行き方も心得ていた。記憶にある廊下を二度折れ、五段階段を下りて右へ進むと、裏庭へのガラス扉がある。あとは一、二分だ。

「あれれ？」

と立ち尽くしたのは、目の前にそびえているはずの病棟が、影も形もなくなっているためだ。

扉が固く閉まっている、というくらいならどうにでもなるが、なくなっては手の打ちようがない。

背を向けたとき、遠くで獣《けもの》の遠吠えが聞こえた。すぐに熄《や》んだが、余韻《よいん》は残った。

「何か起こりそう」

とつぶやいた。それがすぐ、

「ん？」

に変わったのは、周囲で一斉《いっせい》に、低い唸《うな》り声が上がったからだ。

陽光の下である。せつらの〝探《さぐ》り糸〟は人狼の数を六匹と告げていた。多いのは、別の巣にいた予備軍なのだろう。

どの身体からも凄絶《せいぜつ》な鬼気の波が押し寄せてくる。

何を思ったか、せつらはふい、と右へ出た。

「わかった」

憎悪と殺気の波は彼を追おうとせず、もとの位置を抜けて前方――存在しない病棟へと集束していく。

「ということは――」

あるのだ。せつらには見えず、触れることができなくとも、彼らにはわかるのだ。そして、殺意の対象もそこにいるのだった。

一匹が全身を発条《ばね》に変えて跳躍《ちょうやく》した。


「あれ？」

せつらはまた驚きの声を上げた。

狼は勢い余って、一〇メートルも向こうの地面に着地した――それだけであった。

続けざまに数匹が続き、同じ結果に終わった。

どうやら、目標はそこにいるのに、いないらしい。

無駄だと判断したか、一匹が天に向かって高々と吠え、他の狼も咆哮《ほうこう》した。

撤退《てったい》の合図だったのであろう。せつらの方を見もせずに、そこからやって来たらしい木立ちの間へと遁走《とんそう》していった。

「何処にいる、メフィスト？」

こうつぶやいて、せつらはもと来た通路の方へ歩き出した。妖糸を巻きつけた狼どもを追うために。

青白い電磁波の帯も、凶々《まがまが》しい電子回路も、被検体を吊《つ》り上げるためのロープも鎖《くさり》も滑車《かっしゃ》も必要はなかった。

手術は通常の道具を使って終えた。

微妙な麻酔の調整量は、たちどころに効果を上げ、患者は自力で上体を起こした。

「どうだい？」

かたわらの男が訊いた。不安と興奮が渦巻く声である。

「試してみよう。体調はいかがですかな、ミスタ・ノリガン？」

「最……悪……だ」

英語の声は地を這《は》うようであった。

「心臓……腎臓《じんぞう》……肺……胃……肝臓――わしは……あらゆる臓器に……疾患《しっかん》を持って……おる……それが……みな……悪化して……」

手術前から土気《つちけ》色だった顔が、さらに暗く煙《けぶ》った。

外見からは冗談としか思えぬ疾病《しっぺい》の数は、明らかに恰幅のよい身体を急速に蝕《むしば》みつつあった。

荒い呼吸が、ひと息吸い込んだ途端に停止した。

全身が弛緩《しかん》し、両眼からみるみる光が失われていく。

3

断続的に続いていた電子音が、ぴいと流れはじめた。スイッチが切れるまで、それは永遠に続くのであった。

メフィストは脈と瞳孔《どうこう》を調べてから、臨終《りんじゅう》を告げた。相手はかたわらの〈獣王〉であった。

「なんだって？」

彼は眼を剥いて、ドクター・メフィストに躙《にじ》り寄った。

「やめてくれ、ドクター。私は永遠に生きる人間を作ってくれと頼んだのだ。あなたの言うとおり、この身体に入っていた片割れもあなたにお任せした。その挙句《あげく》がこれか？」

男は唾《つば》をとばしながらまくしたてた。それから、

ふっと感情の色を消して、

「まあ、これで――」

と言ってから、かっと眼を見開いて、自分の手元を見つめた。

その手首を摑んでいるのは、青黒い死者の手であった。

「おい、何だ、これは？」

ふり向いた前方で、世にも美しい顔が微笑した。

その名のとおり――メフィストの笑いを。

彼は言った。

「不老不死は人間には無理な技だ。よって、それを得る前に彼は人以外のものにならなければならぬ――死者に」

浮かべた笑みが、さらに深く、濃くなっていった。

「不老不死は新しい生命だ。それは今、死から甦《よみがえ》ったトマス・ノリガンに贈られる」

ノリガンの眼が開いた。瑞々《みずみず》しい生気に溢《あふ》れた眼であった。

「てめえ――離せ！」

〈獣王〉が手首を摑んでねじ曲げた。ぼきりと骨折の音が上がり、ノリガンは悲鳴を迸《ほとばし》らせた。

「な、何をする？」

〈獣王〉が眼を丸くして、メフィストを見つめ――ようとして、下を向いた。

「どういうこった？　不老不死じゃねえのか？」

当然の質問をしたが、顔がややゆるい。メフィストの顔をちら見してしまったのだ。

白い医師の声が冷厳《れいげん》に流れた。

「不老不死とは、スーパーマンを意味はしない。物理的には普通の人間にすぎん。ただ――」

「おお!!」

ノリガンの驚きの声が走った。彼は骨の折れた右手を高らかに持ち上げてふった。

「治ったぞ。あっという間に――これは凄《すご》い」

「――死にはせん」

とメフィストが言った。

「そうか――私たちと同じか」

男は納得した。

「最早《もはや》、彼を殺せるのは彼の同類だけだ」

「ほおほお」

と〈獣王〉は言った。

だが、彼は誰なのか？　メフィストは、この手術のために、コブラとライガのうちの片方を犠牲にすると宣言した。

すると、いま残るのは、どっちだ？　いや、そもそもどうやって手術を行なったのか？

「私の仕事は終わった。あとは二人で話し合うがいい」

メフィストはあっさりと背を向けて、手術室を出て行った。

自動ストレッチャーが滑り寄り、リフトがノリガンを持ち上げて乗せた。

「病室行きか？　すぐに出られるのかな？」

男が天井を見上げて訊いた。

「病室で帰宅準備を整えてから、すぐに退院して結構です」

やわらかな女の声が降って来た。

「ホテルに着いたら連絡する。それまで待機していてくれたまえ」

相も変わらず貫禄充分な声であったが、歓《よろこ》びは隠しようもなかった。

ストレッチャーは去った。

残された男は、出て行ったドアを睨《にら》みつけていたが、吐き捨てるように、

「偉そうに」

と言った。

彼はコブラであった。

〈特別病棟〉を出た狼――人狼たちの群れは、〈早稲田ゲート〉近くの廃墟《はいきょ》のひとつに集合した。

みな人間の姿になって、ひとりが忌々《いまいま》しげに、

「せっかく、青森《あおもり》から来たのに、おかしな目に遭《あ》っただけか」

と牙をがちがちさせた。

「確かに、リーダーはあそこにいた。なのに、何故、行けんのだ」

「〈魔界医師〉の名は、伊達《だて》じゃなかったということだろう」

もうひとりが、爛々と眼を光らせた。残りの連中をひとわたり眺めて、

「業腹《ごうはら》だとは思わんか。しかも、腹も減った」

そうだ、と一斉に声が上がった。

「ここへ戻る途中、地下通路を通りながら、通りかかった奴《やつ》がいたら、食い殺してやろうと思っていたわい」

「なら、これから行くか?」

と二人目があおった。

「おお」

ふたたび斉唱。薄闇の中で、唸り声と異様な音が聞こえはじめた。

最も具体的な表現をすればこうなるだろう。

あらゆる関節が外れ、肉が引きのばされ、骨がねじ曲がっていく。

人の集まる隠れ家を塒《ねぐら》というのなら、今ここは、人間以外のものの巣と化した。

「異議なし」

「食らいに行こう」

「行こう」

殺戮《さつりく》の光景は野獣の血を昂《たか》ぶらせるのか、声は恍《こう》惚《こう》としていた。

「そうと決まれば、話は早い」

「行くぞ」

今度は斉唱もなく、蠢《うごめ》く影は一斉にドアに向かって走り出した。

戸口を抜けた刹那《せつな》、先頭の首は落ちた。すぐには止まれず、第二、第三の首も床の上で重い響きを上げた。

「何か張ってあるぞ！」

かろうじてストップした四人目が、後ろを向いて喚《わめ》いた。

「気をつけ――」

ろ、というつもりだったのだろうが、そこへ辿《たど》り着く前に、彼は垂直に崩れた。残りも後を追う。

三〇秒ほどおいて、ガスマスクと防禦服《ぼうぎょふく》を着た男たちが入って来た。

平気で室内へとび込み、レーザー・サイト付き自動式《オート》ショットガンを向ける。

「何だ、こりゃ？　三匹首を落とされてるぞ」

一瞬顔を見合わせてから、ショットガンを構えて、室内をスキャンする。

「誰もいない」

「じゃあ、どうして？」

「わからん。とにかく、三匹分の手間が省《はぶ》けたと思え。あと三匹もさっさと首を落とせ。ガスが切れると間違いなく暴れ出すぞ」

「了解」

男たちはベルトの背から、重い鉈《なた》を抜いた。

忌《い》まわしい作業は、それをふり上げて二秒とかけずに終わった。

「首は日本海溝の底、胴は火葬だ。これで不老不死といえども打つ手はない。運び出せ」

「ふーむ」

廃墟から一〇〇メートルほど北の道路にそびえる電柱にもたれて、世にも美しい若者が、両手をこすり合わせるように動かしていたが、

「成程《なるほど》ね。メディシン《M》・コーポ《C》のトマス・ノリガン代表の私的傭兵《ようへい》か」

他人ではなく、自分にも言い聞かせる口調であった。

廃墟からその指先まで続く不可視の糸は、糸の先で交《か》わされる会話までをもせつらに伝えるのであった。

不死の獣人の活動を停止させるには、これしかない。

「焼却炉用意」

直径三〇センチ、長さ一メートルほどの円筒を背負っていたひとりが、それを床の上に下ろし、リモコンのスイッチを入れた。

内側のワイヤ状骨格が広がり、張られた膜というより箔《はく》が、二メートル四方ほどの「炉」を作った。

次々に解体した胴や手足を放り込み、またスイッチを押した。

燃料は箔の内側に塗った燃焼剤である。

火花が散った刹那、内部は三万度の炎が荒れ狂う坩堝《るつぼ》と化した。

二分後、三度目のリモコン操作で死の炉は平凡な円筒と化した。灰は床へまいたきりだ。

「行くぞ」

生首ごろごろのパックを二人が持って、一同は戸口へ向かった。


「ん？」

と洩《も》らしたのが、先頭の男の最後の言葉だった。

つむじ風であった。

それは先頭の男の首をもぎ取り、後方の三人を吹きとばして、彼らの三メートルほど背後で人の形をとった。

「貴様ら――何者だ？」

声は口から洩れたが、その鼻面《はなづら》は異様に長く伸び、両眼は火を噴くような赤だ。

「ジョシュが殺《や》られました」

前から二人目の男が、先頭の男を支えながら報告した。

「首がありません」

殺気が凝集《ぎょうしゅう》した。

男たちのショットガンは、銃口すべてを新たな敵の頭部と腹に向けていた。

リーダーが、ビニール・パックをゆすりながら訊いた。

「貴様——こいつらのひとりか？」

「誰に頼まれた？」

侵入者が続けて訊いた。コノラであった。

リーダーの叫びに鈍《にぶ》い打撃音が重なった。リーダーが吹っとぶ。壁に激突して崩れ落ちていく。

重々しい銃声が乱舞した。

拳銃とはまるで異《こと》なる地鳴りの怒号《どごう》だ。

侵入者の顔半分が吹っとび、残りも血肉の霧と化す。胴体はたちまち二つになった。

「テルミットいくぞ」

燃焼剤をたっぷりと詰めた円筒が放られた。

傭兵たちの防禦服は、耐熱耐寒耐放射線仕様だ。視界を埋めた毒々しい炎が、男たちの胸に生じた危機感と恐怖心を焼いていく。

「首の骨だけさらって来い」

サブ・リーダーの指示に、二人が残った炎の中に踏み込んで行く。

その面前に、ぬう、と立ち上がったものがある。


灰だ。人の形を取った灰だ。だが、二人がショットガンを放つ前に、灰はみるみる生身の肉体を備え、右手を横へ一閃《いっせん》させた。

指には鉤爪《かぎづめ》がついていた。

二人の顔は半分持っていかれた。

「手を出すな」

ひとりが前へ出て、ボクシングの構えを取った。

ブーツをはいた足は、前足底に重心がかかっている。

人間を通り越して、狼の姿を取ったコブラの右腰へ、男は槍《やり》のような前蹴りを放った。

確かに砕けた。コブラの右半身が沈んだ。

男は図に乗った。

首に廻し蹴りをかけた。鉤《フック》で引っかけるような蹴りであった。

コブラの眼が赤く燃えた。彼は倒れなかった。蹴り足の膝《ひざ》を押さえて、向《む》こう臑《ずね》に牙をたてた。歯先は骨に食い入り、肉もろとも咬《か》み取った。

ぎゃっとのけぞる首すじに、本物の鉤爪《フック》が走り、頭部が宙に躍《おど》った。

男たちは、あと七人いた。

いかなる光景にも恐怖を押しつぶし、瞬間的に打開策を考慮、実行に移すよう心理的な暗示を受けていた。

ショットガンを猛射しながら、後退する中で、ひとりが突進した。

異様にゴツい防禦服を着けている。そのどこかでモーター音が鳴った。モーターは一〇〇〇馬力あった。

コブラがジャンプしざま、男の首すじに牙をたてた。背中に爪をたてて引き裂こうとする。戦車砲弾も撥《は》ね返す重合鋼《じゅうごうこう》の鎧《よろい》が牙と爪を無効にした。

男はコブラの両足を摑み、思いきり左右に引き裂いた。

血と内臓を床へぶちまけながら、コブラは二つになった。

第十章　朱色の夢の末路

1

「……よし。行くぞ」

と苦しげに言い放ったのは、リーダーであった。

壁と激突した衝撃は、まだくすぶっているらしく、ひどく苦しそうだ。

ひとりが肩を貸して、ドアの方へ歩き出そうとした。

「ぎゃっ⁉」

また悲鳴が上がった。

パックを持った二人がそれを下ろすのを見るまでもなかった。パックの中身が踊り狂っている。

「ガスが切れたんだ」

「しかし――生首だぜ」

冷や汗がしたたる声。

床に転がったパックは、中身の勢いで伸び縮《ちぢ》みし、跳《と》びはねていたが、急にジッパーが開いた。

よほど退屈だったらしく、こいつらは直接男たちにとびかかった。

咬《か》みつぶされる頭部、食いちぎられる喉笛《のどぶえ》、筋肉を半《なか》ば食い取られて、ぶらぶらになった足、とび散る腕――悪夢ではない。現実の破片《はへん》が、獣《けもの》の首のひとふりで壁に付着し、床で濡《ぬ》れた音をたてる。悲鳴や銃声は、それに合わせた伴奏のようだ。

その中に、突然、惚《ほ》れ惚《ぼ》れするような豪快な打撃音が生じ、床や壁にひしゃげた狼の生首が激突する。

防禦服《ぼうぎょふく》――というより強化服を着けた男の活躍であった。

「小杉《こすぎ》、大曽根《おおそね》、堂場《どうば》、小日向《こひなた》――」

悲痛な呼びかけが走ったのは、奇怪な戦いが一段落してからだ。

「隊長」

駆け寄った相手は、頸動脈《けいどうみゃく》から噴出《ふんしゅつ》する血を必死に押さえていた。

「これ以上、何もせずに脱出しろ。あいつらは本当の化物だ」

「はっ」

「とどめを刺してくれ」

強化服は瀕死《ひんし》の上官から離れて、腰のホルスターから、大型自動拳銃《オートマチック》を抜いた。口径は一五ミリ。この服専用の破壊兵器といっていい。

砲《キャノン》に近い轟《とどろ》きの向こうで、左胸を吹きとばされたリーダーは即死した。

片手を上げて立ち去ろうとする防禦服の周囲で、低い唸《うな》り声が上がった。

ひとつではない。

ああ、叩《たた》きつぶされた狼の生首が洩《も》らす声だとは。

そして、超合金の肩を突き破って鉤爪《かぎづめ》を食い込ませたのは――

その廃墟《はいきょ》が炎に呑《の》み込まれたのは、数分後であった。

そこから現われ、通りの方へ歩き出したのは、コブラという名の人狼《ひとおおかみ》のリーダーだ。彼は傭兵《ようへい》のアーミー・ルックを身に着けていた。これで歩き廻《まわ》っても、怪しむ者のない街だ。右手のビニール・パックの中身は、ひどくごつくて重そうであった。

火事だ、叫びながら通行人が駆けて行くその中で、ただひとりこの男だけが、

「傭兵なら雇《やと》い主が誰か想像はつく。それでも、一応確かめておかんとな」

彼は通りに出てタクシーを拾った。


「なにィ。しくじった⁉」

〈歌舞伎町〉に近いホテルの一室で、トマス・ノリガンは文字通り、頭から湯気をたてて激怒した。

「全員死亡のライフ・シグナルが届いた？　えーい、あの役立たず。いいか、金なんざ一文《いちもん》も払わんぞ。いや、それどころか、業務不履行《ふりこう》で賠償金《ばいしょうきん》を

要求してやる。のちほど弁護士から連絡させるぞ――いいな！」

一方的に喚《わめ》く主人の前で、秘書のメイベル・ピアースは深々とうなずいた。

それでも気が収まらないのか、手にした葉巻を、思いきり――唇のところまで吸い込んで、あっちっちと灰皿へ叩きつけたものだ。さらにその灰皿を奥の――リビングに通じるドアに叩きつけようとして、

「ミスタ・ノリガン！」

秘書の叫びに手を止めた。

それでも喚いた。

「君が探して来た、この街いちの傭兵どもが、皆殺しになったというのだな」

「はい」

有能な女秘書の表情は緊張しきっていたが、一瞬にして固まった。

「人狼どもは？」

「首をはねても彼らは死にません。ですが、そのための手は打ちました。現に、傭兵たちのオフィスには任務成功との連絡が入っております。しくじったとすれば、邪魔が入ったのです。いったい――誰が？」

「奴《やつ》らのボスだ」

「コブラですね。すると、ここへも――いや、ホテルの名は教えてありません」

「わしと君の携帯のナンバーは知っておる。それだけで、ここを割り出すなど簡単にできるのだ」

「お支度《したく》ください。〈区外〉へ脱出しなくては」

これには異論がないらしく、ノリガンは素早くベッドの方へ向かった。

一〇分後、スーツケース片手にドアの方へ歩き出したとき、チャイムが鳴った。

メイベルが荷物を下ろし、スカートをめくるや、太腿《ふともも》に装着してあるホルスターからベレッタ・ガーディアン二五口径を抜いて、ドアへと向けた。

「戻ってください」

とノリガンに命じる。

「よ、よし」

彼が寝室へ戻ってドアを閉め、ロックするのを確かめてから、メイベルは、

「どなた？」

と訊《き》いた。

「ライガってもんだ――覚えてるかい？」

見事なクイーンズ・イングリッシュである。本人も、手術時に分離され、再生したとみえる。

「ええ、ようく」

メイベルは微笑した。ノリガンを不老不死の超人に変えるため、ドクター・メフィストの手術台に上った人狼だ。いわば恩人である。だが――

「――あなた、死んだって聞いたけど」

「誰からだよ？」

そう言われてみると、勝手に思い込んでいただけかもしれない。


「――何の御用？」

「おれはコブラと反対の立場なんでな。その件について、代表と話し合いたいんだ」

「ノリガンは眠っております」

「よせよ、おれの耳と鼻は、人間の万倍も利《き》くんだぜ」

ノリガンが現われた。メイベルからベレッタを受け取り、

「入りたまえ」

「どーも」

どんな手を使ったのか、ロックは外れ、ライガが現われた。

テーブルをはさんで、ライガは肘《ひじ》かけ椅子《いす》に、メイベルとノリガンはソファにかけた。

「本気で〈新宿〉に、おれたちの餌《えさ》専用の施設を作る気かい？」

「そういう約束なのでな」

ノリガンはうなずいた。

「コブラは約束を守った。私も守らねばなるまい」

「わかるかね。いくら〈区外〉の人間だって、そんなものこしらえたら、大変なことになるぜ——わかるだろ？」

「君たちの餌になる人間なら、〈区民〉以外にも幾《いく》らでも供給可能だ。正直、どの国でも犯罪者の増加とその処理については、重要問題のトップに挙《あ》げられておるのだ。ここだけの話、法曹《ほうそう》界や現場のトップは、犯罪は出来心《できごころ》で犯すものではないと、確信している。奴らは持って生まれた星によって罪を犯す。そういうふうに作られておるのだ」

ライガは黙って、眼前の老人を見つめている。

「コックが次から次へと料理をこしらえ、農民が連日、麦を育てるように、犯罪者はまた犯罪を繰り返す。そうとわかっているのに、奴らを野放しにしておく理由が何処《どこ》にある？　この世に不要なものは、さっさと処理するに限るのだ。一日も早く、この世から消去してしまえ。わしは、国へ戻ったらすぐ、世界中の刑務所と連絡を取り、餌の供給を行なうつもりだ。〈新宿〉に迷惑はかけんよ」

「人間、持ちなれねえ力を持つと、何かが欠けちまうようだな。なあ、そんな計画を実行に移しちゃならねえんだ。すべてチャラにしてくれや」

ノリガンはきょとんとして、

「何故《なぜ》、そんなことを言う？　コブラは大喜びしていたぞ」

「あいつは変態なんだ」

ライガは鼻先で笑った。

「だが、おれは少々まともな人狼でな。そんな非人道的な施設は、作る前につぶすべきだと思ってる。なあ、コブラとの約束は反古《ほご》にしてくれや」

「できんな。いいかね、これは彼の言い分だけを聞いて出来上がったビジネスではないので、こちらも充分得になると踏んだからこそ形を整えた。中止する理由などあるまいが」

「どうしても駄目かい？」

「くどいぞ」

二人の眼が合った。空中で見えない火花がとんだ。メイベルが呻《うめ》いて、のけぞった。凄《すさ》まじい殺気の激突に失神したのである。

ライガの鼻面《はなづら》がみるみる伸び、全身もぎちぎちと変形をはじめる。

常人なら気死《きし》しそうな眼前での変身ぶりに、ノリガンは平然としていた。

立ち上がったライガが、躍《おど》りかかろうとした瞬間。

小さな音が弾《はじ》けた。

二五口径としては、こんなものだろう。

続けざまに八発。

蚊《か》が食ったほどにも感じないはずの銃撃の中で、人狼はのたうった。

ちっぽけな弾丸は、並みの人間が食らったのと等しい効果を与えたのだ。

伸ばした鉤爪は痙攣《けいれん》し、難なく躱《かわ》して立ち上がったノリガンは、

「不老不死の化物を殺せるのは、同じ死なずの化物だったな。今のわしもそれだ――忘れたか？」

もう一度、巨体が跳んだが、それは二メートルも離れた床の上に落ちた。赤い染《し》みが全身を覆《おお》っていく。

凄まじい怨《うら》みのこもった血の眼差《まなざ》しが床の上からノリガンを見つめ、大きく戸口へと走った。血の糸が後を追う。

開いたままのドアを眺《なが》め、ノリガンはベレッタを捨てて、メイベルを抱き起こした。

「並みの人間に二五口径が八発――これは助かるまいな。どちらにせよ、わし以外の不死者《アンデッド》など邪魔なだけだ。最初の計画どおり一匹残らず、葬《ほうむ》ってくれる。いや、失礼――おひとりか」

メイベルが眼を開けた。

「あ――失礼を」

離れようとする身体《からだ》を抱き寄せて、

「いいから、いいから」

ノリガンは巧《たく》みに、秘書のブラウスの下から手を入れ、ブラを潜《くぐ》って、乳房を揉《も》んだ。たっぷりと肉の詰まった乳であった。

「あいつらの血が混じったわけではないだろうが、今日は特別、美味《うま》そうだぞ」

「あら……ミスタ・ノリガン……」

女の声も嗄《かす》れている。

呻き声よりも、餓狼《がろう》の唸り声を上げて、ノリガンは白い乳房に唇を押しつけた。ついでに歯もたてた。


ノリガンと秘書がチェックアウトしたホテルを、ある男が訪れたのは、一〇分ほど後であった。

彼はロビーで携帯をかけた。

すぐに相手が出た。これが奇蹟《きせき》というより奇怪なことだと、彼にはわからない。

「メフィストだ」

「コブラだ。覚えてるか?」

「トラブルが持ち上がったかね、ノリガン氏との間に」

「そうだ。奴め、おれを殺そうとしやがった。多分、ライガも狙《ねら》われているだろう」

「ふむ」

「あいつをこのまま〈新宿〉の外へ出しちゃまずい。〈区外〉は暗黒世界に化けるぞ。影響はこの街にも必ず訪れる」

「用件は何かね?」

「あんたの顔で、〈ゲート〉を封鎖してほしいんだ。足止めをかけたら、後はおれのほうで処理する」

「始末ではないのかね?」

「まだ利用し甲斐《がい》のありそうな奴なんでな」

「君の要求を叶《かな》える理由はないと思うが」

「ドクター、手術は成功したんだろうな?」

「勿論《もちろん》だ」

「ライガを使って、不死者創造のノウハウは身についたか？」

「――かなり際《きわ》どいと言っておこう」

「もうひとり使えば分かるんじゃないのか？」

返事はない。

「どうだい、おれは構わねえぜ」

メフィストは何と応じたか。

2

困ったのは、〈ゲート〉の両端で待ったをかけられた人々ではなく、渡りかけたところで運転中止に追い込まれた観光客だろうが、いちばん困ったのは、〈早稲田ゲート〉口に並んだタクシーの一台であった。

無論、ノリガンとメイベル秘書である。

こりゃ行けませんや、と唸る運転手に料金を払って、二人はタクシーを降りた。

「どうする？」

唇を噛《か》むノリガンへ、

「〈区外〉からヘリを呼びましょう」

とメイベルが天を仰《あお》いで、携帯を取り出したところへ、通りかかった観光客が、

「無駄だよ。〈区外〉とは人手を使う以外、一切《いっさい》連絡がつかねえんだ。それに〈区外〉の乗物は一切、〈新宿〉へは入れねえ。〈ゲート〉を渡る以外はな」

「モンテ＝クリスト伯か」

島流しに遭《あ》ったドラマの英雄に身をなぞらえて、ノリガンは満足したが、メイベルは血の気を失った。

「今、〈新宿〉に味方はおりません。外から呼べないとなると、〈ゲート〉封鎖が解除されるまで、私たちは敵地のど真ん中にいることになります」

「ふむ。確か〝気球遊覧〟というアトラクションがあったな」

すぐ連絡を取ったが、どの店も休みだという返事が返って来た。

「誰かが手を廻したな」

ノリガンは歯を剝《む》いた。剝いたが、その顔はどこか落ち着いていた。

「ま、敵の目的はわしだ。君はひとりで脱出したまえ」

「ですが」

「いいから。無事に〈区外〉へ行けたら、救出に来てくれればいい」

彼はタクシーを降りるや、身を翻《ひるがえ》して、〈早稲田通り〉の方へ歩き出した。

闇が落ちた。

コブラは〈高田馬場〉近くの安ホテルにいた。

デートクラブの女が帰ってから、二時間ほど眠った。

「さて。片をつけに行くか」

料金を払って外へ出た。

〈高田馬場駅〉の方へ進んで、最初の路地を左へ折れた。突き当たりをさらに右へ。

人の姿も気配も絶えてから、ふり返った。

「ライガか――やられたな」

電柱にもたれかかった追跡者は、肩で息をしていた。

濃いグリーンのトレンチを着ている。

「血の臭いを消す努力もできんか。相手は、ノリガンだな」

「そうだ。ところで、おまえはまた奴と手を組む気か？」

「それは、な。奴は我々の生命《いのち》を狙ったが、それはこっちに有利な材料になる」

「奴はおれたちと同じ力を身につけた。そうなっても、おれたちと徒党《ととう》を組むと思うか？　いつか殺《や》られるぞ」

「そうはさせん。あいつには守らねばならんものが山ほどある。そいつらは不死ではない」

「成程《なるほど》、いい手だ。だがな、それをさせるわけにゃあいかねえんだ」

「まだ〈新宿〉とともに生きるつもりか？」

「おれは今日、ノリガンに射《う》たれてから、廃墟で傷の手当てをしながら、考えていたんだ。おれたちはどうやって生きるべきか、とな。哲学的だろ。自分にうっとりしちまうぜ」

「で？」

「おれはこの世界の中のひとりとして生きることに決めたよ。せっかく誘ってもらったのに悪いな」

「意見の相違だ。仕方がない。だが、その身体でよく言えたものだ。私は容赦《ようしゃ》せんぞ」

「合点承知《がってんしょうち》の助《すけ》さ」

二人の眼が闇中《あんちゅう》に爛々《らんらん》と燃えはじめた。

ひとりは傷つき、ひとりは精悍《せいかん》。

結末はどうつくのか？

殺気が増幅し、ふくれ上がって、爆発は二人の行動となって迸《ほとばし》るはずであった。

その瞬間、

「待った」

ひと声がかかったのである。世にも美しい声であった。そして、驚くべし、二人の人獣の殺気は、その高鳴りの極《きわ》みで懐柔《かいじゅう》されてしまったのだ。

やんちゃな子供たちが、大人に頭を撫《な》でられでもしたかのように。

「はははは」

美しい声は、わざとらしい高笑いに変わった。笑いたくないのに笑うとこうなる。

しかし、声の主を求めた二人の眼は、塀《へい》の上にすっくと立つ、これも世にも美しいコート姿を捉《とら》えた。

「秋せつら!?」

声を合わせると、コート姿は、もう一度虚《むな》しく、はっはっはと哄笑《こうしょう》し、それから面倒臭そうに、よいしょ、と地面にとび下りた。

怪訝《けげん》そうに見つめる二人の前で立つと、

「たまにはカッコつけてみたくて」

と言った。塀の上で高笑いを放つ黒衣《こくい》のヒーロー——しかも、世にも稀《まれ》な美貌《びぼう》とくれば、誰の眼も引くだろう。観客が二人でもやらかす、というのがこの若者らしかった。

「来たな」

コブラは、待ってましたと言わんばかりにうなずいた。〈獣王〉の声であった。

「正直、よくわからんが、尾《つ》けられてるような気はしていた。それを放っておいたのは、人知れず始末するつもりだったからだ。しかも、都合よく、最も邪魔な二人がきてくれたとはな——覚悟してもらうぜ」

「捜索相手に、おまえは入っていない」

のんびりとせつらが言った。だが、その意味を考えたとき、その口調は、大魔王による死の宣言と化す。

「田舎《いなか》から来た仲間はみな、バラバラになった。僕は今までご休憩」

あの老婆が生命を削った糸は、不死者をも斃《たお》すのか。

月光が線となって流れた。

不老不死とは無関係に、あらゆるものを切断する妖糸《ようし》の一閃《いっせん》であった。

それに別の光が嚙み合ったのだ。

せつらは、妖糸が断たれたことを知った。

コブラが身構え、その右手で細い手術刀が月光を撥《は》ね返した。

「へえ、そのメスは、ひょっとして」

せつらの声をコブラが引き取って、

「そうとも。ドクター・メフィストの手術室から失敬して来たんだ。おめえの糸はこれでも切れねえが、おれが扱えばご覧のとおりさ」

風が鳴った。

せつらが心臓部を押さえてよろめいた。

メスが生《は》えていた。

コブラが放ったそれを、せつらは〝守り糸〟で防

いだはずであった。

「もう一本あるぞ」

にやりと笑ったコブラの喉《のど》を白光が貫《つらぬ》いた。

わずかに頭を廻し、投擲者《とうてきしゃ》に何か言おうとしたが、声は出なかった。

血を吐いた。

「おれも一本、失敬して来たのさ」

ライガが電柱にもたれかかったまま、のばした腕を下ろした。

「決着はやっぱり、事件の当事者同士でつけるのが本筋《ほんすじ》だぜ」

電柱を離れ、彼は立ち尽くすせつらに、

「さすが、浅かったらしいな。早いとこ、病院へ行きな。ミスター〈新宿〉に何かあったら、この街はおしまいだ。こっちの片はこっちでつけるぜ」

言うなり、コブラへとびかかった姿は、狼そのものだ。

血が上がった。


コブラが塀の上に跳躍してのけた——と見る間に、凄まじい速度で走り去るのを、ライガの影が追う。

「あばよ」

最後の挨拶《あいさつ》を聞きながら、せつらは切断された糸が防いだ心臓への傷口に手を当て、

「やれやれ」

とつぶやいた。苦痛を感じているのかいないのか、よくわからないのがこの若者らしい。

塀に寄りかかっていると、数個の影がやって来た。

「誰かいるよお」

女の声だ。

「何だよ、路地裏セックスか」

男の声も、かなり舌がもつれている。中毒野郎《ジャンキー》だ。

別の男が、

「面白《おもしれ》え——おい、おれも仲間に入れろよ」

とやって来た。

せつらを見つけて、

「おい、何やってんだよ、オナニーか？」

「手術中」

「はン？」

顔を見合わせ、

「おかしなことぬかすな。何でもいいや。持ってるもの全部出しな」

と来た。四人いる。

「よし」

せつらはうなずいた。

「おい」

三人が手に手に光るものを握った。

その手首から先を地面に落としてから、胸の傷を妖糸で縫《ぬ》い合わせたせつらは、

「失礼」

挨拶だけして、夜空へと舞い上がった。

無論、二人を追いかけたのである。


だが、巻きつけておいた妖糸は、どちらの分も断《た》たれていた。

こうなれば仕方がない。予定を変更して、〈メフィスト病院〉へ向かった。近くの病院へ行くと、看護師がうっとりして突っ立ったままのことが多いし、やっと向かい合った医者も同じことになる。

急ぐなら、多少時間のロスを冒《おか》しても、〈メフィスト病院〉がいちばんだ。

「で？」

と受付で訊くと、

「お目にかかれます」

と、自信たっぷりにうなずいた。

〈院長室〉の黒いデスクの向こうにメフィストはかけていた。

「作り出したのか？」

とせつらは訊いた。

白い美貌がうなずく。

「奴は帰国して、独裁者と化すぞ。責任を取れ」

「手は打ってある」

「どんな手？」

相手は不老不死だ。どんな打つ手がある、というのか。

「それより、君の胸部だ。見る限り危ない。素人《しろうと》療法をやったな」

「縫っただけ」

「すぐに手を打つ。〈手術室〉へ行きたまえ」

「何処にある？」

とせつらは訊いた。

メフィストの後について、何処にあるともわからぬ〈手術室〉とやらへ着くと、すでにスタッフが待機中であった。

せつらがベッドに横になってから、医師と看護師が近づき、

「極《きわ》めて危険な状態です。刃先は心臓に届いています」

と言った。

「えー？」

と言った顔を見て、二人ともよろめき、近くの椅子やテーブルにすがりついて、何とか保《も》たせた。

「これはいかん――担当を替えよう」

メフィストが左手を空中に泳がせるや、奥のドアが開いて、キャタピラ付きの自動手術機が滑《すべ》り寄って来た。

「この程度の傷なら、これで充分だ。すぐ手術にかかれ」

とメフィストが言った。

「しかし、重傷らしいよ」

「安心したまえ」

手術自体は三秒で終わった。

「何をした？」

局部麻酔なので、せつらの意識はしっかりしている。

「縫合《ほうごう》だ」

「同じゃないか」

「医師は刃先と言ったが、それより深く食い込んでいたのは、君の糸だ」

せつらは沈黙した。失策だと思ったのではあるまい。余計な指摘だ、後で泣くなよ、という怨念の沈黙である。

「では」

勝手に手術台を下りて、身仕度《みじたく》を整えた。

「人狼はどちらも行方不明だ。ただし、もうひとりはわかる。手術中に、準恒星状電波源《QSS》と同じ物質を移植しておいた。宇宙の涯《は》てに隠れても逮捕できる」

「それはどうも」

3

ノリガンは、〈歌舞伎町〉のキャバレー「スリット・ワイン」にいた。

彼のしたことは、この店の前で、「武器屋」から安物の合成拳銃とあるものを買った——それだけであった。後は邪魔者の訪れを待つだけだ。向こうがこの街から出さんというのなら、この街の中で始末をつけてやる。

すでに飲みはじめてから三時間以上たつが、敵は現われず、スマホによると〈ゲート〉の封鎖も解除されていない。

午前三時を廻った頃、ドアが開いて、ひとり入って来た。

女たちの歓声——を通り越して喘《あえ》ぎ声——どころか、神の顕現《けんげん》を目撃した信徒のごとき声が上がった。床に倒れる者が続いた。

それは黒衣の若者の姿を取って、ノリガンの前に立った。

「断わっておくが、わしは不老不死だ。拳銃も持っているぞ」

「水爆用のベトンに閉じ込めれば、不老不死がいかに退屈かわかる。拳銃は持っていても射てない」

ノリガンはホステスたちの眼を意識しながら、上衣《うわぎ》のポケットに手を入れ、小型拳銃の安全装置《セフティ》を外そうとしたが、びくともしなかった。

「耳を落とす、手を落とす――不老不死でも痛みは感じるそうだ。発狂したまま、永久に生きるのもいいか」

「やめんか！」

ノリガンが低く喚いた。

「君に用はない。どうしてここがわかった？」

「何故、〈区外〉へ行かない？」

「誰かが、〈ゲート〉を封鎖しおった。だが、それならそれで、こちらで片づけておいたほうがいい用事を思い出したのだ」

「邪魔者は消せ？」

「そうだ。用がないならさっさと帰れ」

「あなたと同じ相手に用がある」

途端に、

「それはいい！」

ノリガンは両手を打ち鳴らした。左右のホステスたちも驚くところだが、反応はまるでなかった。

「君が相手なら、あの二四――二人とも即ＫＯだろう。そうしたら、わしに渡してくれ。戦う手間が省《はぶ》けるわい。おお、一杯飲《や》ってくれ」

と隣のホステスを見て、

「なに、うっとりしとるんだ！　一杯作って差し上げろ」

「はい」

と答えて、グラスに氷を入れてウイスキーを注《そそ》ぎ、水を加える。慣れきっているはずの作業を、二度ずつしくじった。心ここにあらずの典型だ。ついには、

「はい」

と持ち上げた手からグラスが滑り落ちて床に中身を散らした。それきり、拭《ふ》こうとも、作り直そうともしない。

他のホステスたちもフォローに入らず、ぼんやりと宙の一点に眼を据《す》えているばかりだ。夢だ。彼女たちはみな美しい夢の中にいるのだった。

「気にしないで」

せつらは隣の無人だったボックスに移った。

驚いたことに、周囲の席の全ホステスが立ち上がって、彼の席についた。ノリガンの席も例外ではなかった。

「何よ、あんた?」

ドン・ペリのボトルを持ったホステスが、ダルマを抱《かか》えた同僚へ、

「そんな安物をこの人が飲むと思うの？　あっち行きなさいよ」

とやらかせば、水のボトルを両手に提《さ》げた女が、

「高い酒持ってりゃ、いいってもんじゃないでしょ。えらそーに。これでも食らえ」

瓶《びん》で一撃したものだから、乱闘になった。

大あわてで駆けつけたマネージャーが止めに入ったが、こちらもせつらをひと目見た刹那《せつな》にへなへなと崩れかけて、

「ま、仕様がないか」

と行ってしまうから収まらない。熱いホステスの情念と欲情が渦巻くせつらの席と、ひとりぽつんと残されたノリガンの席とが際立つ結果となった。

それが静まり返ったのは——

「ほお」

女たちの差し出すグラスなど相手にせず瞑目《めいもく》していたせつらが顔を上げ、ホステスたちも全員、薄気味悪そうに周囲を見廻す——獣の遠吠《とおぼ》えが聞こえたのだ。閉め切った店内で。

「一匹じゃないね」

せつらがノリガンに話しかけた。

「ああ。何匹かいるようだな。そうか、奴らを忘れていた」

「呑気《のんき》なアメリカ人」

せつらはのんびりと言った。

「危《やば》いよ。向こうは怨んでる」

その刹那、天井が吹っとんだ。

開いた大穴から、獣たちが次々と店内に舞い下りた。

女たちの絶叫が迸った。

「その手があったか」

この店の二階は空きスペースである。敵はその床をぶち破って侵入して来たのだ。

ホステスには眼もくれず、せつらとノリガン目がけて跳躍する。

溜息《ためいき》をついて、せつらの妖糸が躍《おど》った。

人狼たちの首が容赦なく吹きとび、鉤爪がその肘ごと宙に舞う。膝《ひざ》の上に獣の首と胴が降って来たホステスが白眼を剝き、店内は阿鼻叫喚《あびきょうかん》の大騒ぎ――とはならなかった。

せつらの周囲のホステスは、顔をしかめただけで、声など立てなかったのである。

それどころではない――美しいものに魂《たましい》まで奪われて。

一方、ノリガンの席では奇妙な事態が生じていた。

ホステスたちの何人かが、ノリガンと人狼との間に身を投げかけたのだ。

血の霧が噴出し、彼女らは即死した。

折り重なったその死体から突き出た腕が、火花と銃声を迸らせた。

小口径だが、次々に倒れる人狼は、眉間《みけん》に心臓に正確無比な一撃を受けていた。

「わーっはっはっは。どんなものだ」

とノリガンは哄笑を放った。

「これでも、射撃は得意中の得意でな。餓鬼《がき》のときから出場した、町内、郡、州、全米――どの競技会《コンクール》でもトップだったわい」

銃声が続き、さらに一匹が倒れた。

こちらも三匹の首と胴を切り離したせつらは、ちらとノリガンの方を見ながら、

「〃身代わり人〃」

とつぶやいた。

ノリガンを庇《かば》って銃撃された女たちのことである。〈新宿〉にはその異名《いみょう》のごとく、怪異な死者も多いが、自殺者もかなりの数を占《し》める。そうなる前の何割かが、奇妙な人材派遣センターに説得され、或《ある》いは自発的に〃身代わり人〃として登録するのである。

読んで字のごとし――生命の危険がある人物に成り代わって標的の役を果たすのだが、その際、催眠術や特殊な興奮剤によって、半ば強制的に死地へ送り込まれるという例も多く、業界の一部で問題視されている。また、億単位の報酬を受け取るのは遺族が殆《ほとん》どだが、センターによる搾取《さくしゅ》もかなりの数にのぼるという。この〈魔界都市〉ならではの歪《ゆが》んだ職業は、標的の訪問先からは大いに歓迎され、たとえばバーやキャバレー、レストラン等ではスタッフとして申し込んだ途端にＯＫが出るのであった。

標的によっては危険に身をさらしている最中という場合もあるため、センターでは盛り場のあちこちに常時数人を、マネージャーと一緒に待機させ、いかにもといった人物には、こちらから声をかけさせている。今回はノリガンのほうから求めたものである。

全員を戦闘不能にするには一分とかからなかった。せつらが落とした首を、ノリガンは片端から射殺していった。

〈新宿〉のホステスだけあって、女たちの殆どは超然としたふうを崩さなかったが、新人らしい何人かは蒼白《そうはく》だ。震えている。

おずおずとやって来た支配人に、

「金は払ってあるぞ」

「それはもう」

マネージャーは揉《も》み手《で》して、その額が予想以上に多かったことを暗示した。

「処理のほうも任《まか》せる」

「そりゃあもう」

三分としないうちに死体は取り払われ、床の血は清掃されて、店は賑《にぎ》わいを取り戻した。ホステスも他の客も、今の出来事などきれいさっぱり記憶から拭《ぬぐ》われているようにしか、見えない。ここはそういう人間たちが集まる〈街〉なのだ。

「さて、飲み直すか」

ノリガンのひと声に、ホステスたちは嬌声《きょうせい》を上げて駆け寄った。

当然、ノリガンは、せつらの周囲に。

「不愉快だ。帰るぞ」

と前言撤回《てっかい》し、さっさと出て行ってしまった。その後から、

「片をつけなくてもいいのかな？」

とせつら。

「偶然といえど、共通の敵と戦った仲だ。すぐに開戦とは、さすがのわしもいきづらい」

「外じゃ危険だ。〝身代わり人〟もいない」

「まあいい」

ノリガンはあくまでも泰然自若《たいぜんじじゃく》のふうだ。

「ところで、君はなぜわしを追いかける？」

「あなたじゃない。狙ってる相手に用がある」

「ふむ。出て来るとは限らんぞ」

「さっきの連中は、うちひとりの仲間。あなたを試すために派遣された。敵の眼はいつでも光っている」

「ふーむ。わしも待っているがな」

二人は〈歌舞伎町〉のほぼ真ん中にいた。〈新宿コマ劇場〉の前である。

「また、何処かの店へ」

とノリガンが見廻したとき、せつらは背後から名を呼ばれた。

ふり返るとメフィストだ。

「何か？」

面倒臭そうに訊いた。

「話がある」

「ない」

「二匹の人狼に関してだが」

「聞く」

　ノリガンの方は見なかった。〝探り糸〟を巻いてある。

「放っておきたまえ」

　と白い医師は言った。

　あちこちで鈍《にぶ》い音が聞こえた。二人の周囲の連中が、次々に倒れていくのである。

〈魔界都市〉を訪れ、なお見てはならないものを見てしまう。

「どうして？」

「じきにわかる。放置しておいて大過《たいか》はない。あの外国人も〈区外〉へ出すことにした」

「やっぱり、封鎖はおまえの仕業《しわざ》か」

　上眼遣《うわめづか》いに見るせつらへ、メフィストは苦笑を浮かべながら、

「それももう解除した。彼はいつでも母国へ帰れる」

「何を企《たくら》んでいる？」

「あることがわかったのでな」

「あることとは？」

「それは――」

　遠くで女の悲鳴が上がった。

　妖糸の伝える手応《てごた》えが変わった。

　内心、しまったと思ったかもしれない。せつらは声の方向へ走った。

　不老不死は不老不死によって破られる――理解してはいたが、傲《おご》りがあったのだろう。

　人々の輪の中に横たわるノリガンの身体には頭部がなかった。

　すぐ近くにあった。

　せつらを見つめるコブラの右手に、髪の毛を摑《つか》まれ、ぶら下がっていた。

　そして、左手には――

　ライガの生首が。

かすかな胸の痛みをせつらは感じた。

「これで、邪魔者と裏切り者は消した」

とコブラは牙《きば》を剝いた。

「米国人を殺してもＯＫ？」

せつらはこういう訊き方を時々する。

「交渉したが、断わりやがった」

コブラは怒りに声を震わせた。

「おまえたち出来損《できそこ》ないのために、一セントも使う気はないとよ。そして射とうとしたが、阿呆《あほ》め、弾丸が切れているのに気がつかなかったのだ」

チャンピオン、とせつらは小さくつぶやいた。

「こうなれば、奴の代わりに別の物好きな金持ちを探す。不老不死を餌にすれば、幾らでも食いついて来るだろう」

「実はミスがあったんだ」

「なに？」

コブラが嘘八百《うそ》だと思わなかったのは、せつらの向こうに白いケープ姿を見たからだ。

せつらもそれを知って、

「院長先生も、それを伝えにいらした」

「嘘つけ……」

コブラは虚《うつ》ろな眼差しをメフィストに送っている。

「そうなのか、ドクター？　間違いだったのか？」

メフィストはうなずいた。

「不老不死の謎は、ついに解明できなかった――ライガも気の毒に」

せつらがこう言った途端、コブラは周囲を見廻した。

「こいつら全部が、おれの餌だ」

両眼は血光《けつこう》を放ち、狼と化した口から涎《よだれ》がしたたり落ちる。そこにいるのは、狂気の餓獣であった。

だが、狼は怯《おび》えにも似た表情を、せつらに当てた。せつらは俯《うつむ》き加減で眼を閉じていた。

その顔が上がった。

両眼が開いた。

同じせつらだ。何も変わってはいない。

だが。

「貴様……別人か」

とコブラが歯ぎしりをした。

「私に会ってしまったな」

と黒衣の若者は言った。

コブラの身体が走った。

しかし、群衆はわずかの間、走り出す瞬間のコブラを眼に留めたのである。

それは残像であった。

せつらに襲いかかったコブラの速度はマッハ3。

しかし、その首は、すでに巻きついていた妖糸に切断された。不死の怪物をも斃す、あの老婆の糸に。

血の帯を引きつつ、首は方向を転じ、ふたたびせつらを襲う。執念だ。妄執《もうしゅう》だ。その眉間を細いメスが貫いた。顔は二つに割れた。メフィストのメスである。

左半分は地に落ちたが、残った右側がせつらの頭にかぶりつく——寸前、なお立ち尽くすコブラの首なし胴の左手から風を切って飛来したライガの生首。がっとコブラの半顔に牙をたてて咬み砕きつつ、ともに地面に転がった。

せつらが眼をやった。いつものせつらであった。

その視界の内で、ライガの首は片眼をつぶってみせると、すぐに静かになった。首はせつらが放ったものではなかったのだ。

「借りっ放しか」

せつらがつぶやいたとき、メフィストが隣に並んだ。

「嘘が効《き》いた」

せつらの言葉にメフィストは、いや、と返した。

「?」

「やはり欠陥が見つかった。不老不死はなお我々のものではないのだ」

せつらは何も言わず、その眼は何も見ていないようであった。

　ひょっとしたら、脳の何処かに、黒いドレスの女が揺曳《ようえい》していたかもしれない。あれは女の姿を取って現われた〈魔界都市〉そのものであったろうか。

　何のために、そして、何が残ったのかと、世にも美しい若者は、〈新宿・歌舞伎町〉の闇の中で問うているように見えた。

〈注〉本書は月刊『小説ＮＯＮ』誌（祥伝社発行）二〇一七年十一月号から一八年三月号まで掲載された作品に、著者が刊行に際し、加筆、修正したものです。

編集部

あとがき

人狼《ウィアウルフ》ものをやってみたい。それも単純な餓狼《がろう》と人間の戦いを——本作の執筆理由はそれだけだった気がする。

人間が狼《おおかみ》に変身する現象は、ライカンスロピーと呼ばれ、映画や小説の恰好《かっこう》の材料《ネタ》である。

「倫敦《ロンドン》の人狼《ひとおおかみ》」やら「吸血狼男」やら「ハウリング」、「パリの狼男」やら「獲物」やら、幾《いく》らでもタイトルが上がってくる。中でも最大の異色作は、人狼に嚙《か》まれた兎《うさぎ》が狼男と化して殺戮《さつりく》を重ねる手塚治虫《てづかおさむ》氏のコミックであった（『メタモルフォーゼ』の第五話「ウオビット」）。

現在ではどんな変形モンスターでも、CGを使えば一発だが、「倫敦の人狼」（'35）の制作当時は、俳優の顔に少しずつメイクを施《ほどこ》して、コマ撮《ど》りするしかなく、それでも「狼男の殺人」（'41）に始まるロン・チャニー・Jrの狼男ものでは、変身シーンがワンカットで収められていたが、「倫敦の人狼」では、技術的にそれさえ難しかったらしく、一部メイクを施した主人公が、柱の陰に隠れては出て来るたびに、少しずつメイクを加えられ、らしくなっていくという方法が取られた。現在《いま》になってみると、移動しながらのカットが、ひどく斬新《ざんしん》で効果的に見えるのは皮肉である（ひょっとしたら、これは技術の未熟を表わすものではなく、ワンカット変身は時間を食うため、俳優が固定されていることが多く、スピーディな移動シーンでは、こうせざるを得なかったのかもしれない。ハマーの「吸血狼男」（'61）では、意図的に変身シーンをすっとばしている）。

ＤＶＤどころか、ビデオさえ想像もできなかった時代、予備校生だった私は、洋書専門店としては当時、唯一《ゆいいつ》といってもいい「イエナ」において、『MOVIE-MONSTERS』なるスチル満載の一冊を手に入れた。これはモンスター・ムービーを四ジャンル――「ドラキュラ」「フランケンシュタイン」「人狼」「ミイラ」に分類し、代表作を総括した、海外ホラー初心者にとっては便利でありがたい内容であって、「人狼」の中に、既《すで》にＴＶの「ショック！」などで顔見知り（？）だったチャニー・Jrの映画等に混じって、「THE UNDYING MONSTER」（'42）――「不死の怪物」という何とも魅力的なタイトルの一本が載《の》っていた。観《み》たくなるよねえ。あなた、アンダイイングでっせ。

時は流れ、やがてビデオ時代が到来。未公開のホラー・ビデオも入手可能となった（私は海外から8ミリフィルムを輸入していたが、さすがにこの作品は入っていなかった）が、さすがにアンダイイングだけあって、なかなか入手できず、海外の友人の伝手《つて》で、テレビ放映されたカット版を、ようやく入手することができた。

これが、さっぱりわからない。

イギリスの一地方を舞台に古い屋敷や土地を巡《めぐ》るドラマが展開するのだが、何処《どこ》がアンダイイングの登場シーンなのか、どんなメイクなのか、そもそも、どの俳優が化けているのかさえも、わからぬままであった。何処かにポイントがあると、例《たと》えば、「猿の手《The Monkey's Paw》」（'13）のごとくひどい出来でも、ＳＦホラー専門誌や映画本でも大きく取り上げられたりするのだが、アンダイイングは全然オシャカで、もう知ーらねと私は匙《さじ》を投げた。少し前、ついに（奇跡的に）字幕入りＤＶＤが発売され、早速《さっそく》観てみたが、やっぱりさっぱりわからなかったのである。

もういいや。

人間の顔にヤクの毛を貼りつけたりする時代を経《へ》て、ついにＣＧ——ではなく、メカニカル・エフェクトの時代が登場する。このトップを切った鳴りもの入りが「ハウリング」（'81）であった。何が鳴ったかというと、「全身変身をワンカットで見せる」——つまり、「顔も手も足もまとめて切れ目なく見せてやろう」というのである。ＴＶのカットや雑誌のスチル等で、あおりにあおられたから、こちらは期待に歯を剝《む》きながら劇場へ駆け込んだ。

嘘《うそ》ばっか。

カットだらけじゃねーの。

頭へ来た私は、メイク担当のロブ・ボッティンを波濤《はとう》を越えて呪殺《じゅさつ》してやろうと祭壇を整えたが、友人から、悪いのは宣伝屋だと諭《さと》され、思い留《とど》まった。生命拾《いのちびろ》いしたな、ボッティン。しかし、ゲイリー・ブランドナーの原作も、おれは原書で読んだんだぜ。

ま、CG時代に入ってからの人狼映画は若い皆さんのほうが詳《くわ》しいだろうからお任《まか》せするとして、『餓獣の牙』はこのどれにも劣《おと》っていない（どういう基準だ？）。

〈魔界都市〉の天と地を駆けるせつらと魔獣たちの戦いを、お愉《たの》しみください。

二〇一八年三月七日
「倫敦の人狼」（'35）を観《み》ながら。

菊地秀行

ノン・ノベル百字書評

キリトリ線

なぜ本書をお買いになりましたか（新聞、雑誌名を記入するか、あるいは○をつけてください）

□（　　　　　　　　　　　　）の広告を見て
□（　　　　　　　　　　　　）の書評を見て
□ 知人のすすめで　　□ タイトルに惹かれて
□ カバーがよかったから　　□ 内容が面白そうだから
□ 好きな作家だから　　□ 好きな分野の本だから

いつもどんな本を好んで読まれますか（あてはまるものに○をつけてください）

●**小説**　推理　伝奇　アクション　官能　冒険　ユーモア　時代・歴史
恋愛　ホラー　その他（具体的に　　　　　　　　）

●**小説以外**　エッセイ　手記　実用書　評伝　ビジネス書　歴史読物
ルポ　その他（具体的に　　　　　　　　）

その他この本についてご意見がありましたらお書きください

最近、印象に残った本をお書きください		ノン・ノベルで読みたい作家をお書きください	

1カ月に何冊本を読みますか	冊	1カ月に本代をいくら使いますか	円	よく読む雑誌は何ですか	

住所					
氏名		職業		年齢	

あなたにお願い

この本をお読みになって、どんな感想をお持ちでしょうか。

この「百字書評」とアンケートを私までいただけたらありがたく存じます。個人名を識別できない形で処理したうえで、今後の企画の参考にさせていただくほか、作者に提供することがあります。

あなたの「百字書評」は新聞・雑誌などを通じて紹介させていただくことがあります。その場合はお礼として、特製図書カードを差しあげます。

前ページの原稿用紙（コピーしたものでも構いません）に書評をお書きのうえ、このページを切り取り、左記へお送りください。祥伝社ホームページからも書き込めます。

〒一〇一－八七〇一
東京都千代田区神田神保町三－三
祥伝社
NON NOVEL編集長　日浦晶仁
☎〇三（三二六五）二〇八〇
http://www.shodensha.co.jp/bookreview/

NON NOVEL

「ノン・ノベル」創刊にあたって

「ノン・ブック」が生まれてから二年一カ月、ここに姉妹シリーズ「ノン・ノベル」を世に問います。

「ノン・ブック」は既成の価値に〝否定《ノン》〟を発し、人間の明日をささえる新しい喜びを模索するノンフィクションのシリーズです。

「ノン・ノベル」もまた、小説《フィクション》を通して、新しい価値を探っていきたい。小説の〝おもしろさ〟とは、世の動きにつれてつねに変化し、新しく発見されてゆくものだと思います。

わが「ノン・ノベル」は、この新しい〝おもしろさ〟発見の営みに全力を傾けます。ぜひ、あなたのご感想、ご批判をお寄せください。

昭和四十八年一月十五日

NON・NOVEL編集部

NON・NOVEL —1039

魔界都市ブルース　餓獣《がじゅう》の牙《きば》

平成30年5月20日　初版第1刷発行

著　者　菊《きく》地《ち》秀《ひで》行《ゆき》
発行者　辻　浩　明
発行所　祥《しょう》伝《でん》社《しゃ》
〒101-8701
東京都千代田区神田神保町 3-3
☎03(3265)2081(販売部)
☎03(3265)2080(編集部)
☎03(3265)3622(業務部)
印　刷　萩原印刷
製　本　ナショナル製本

ISBN978-4-396-21039-7　C0293　Printed in Japan

祥伝社のホームページ・http://www.shodensha.co.jp/